旅をしながら仲良
これぞまさに、
極意を学ぶ。
声優ラジオ
ウラ
#04 夕陽とやすみは力にな
「本当に仲が悪いんじゃないか？」
という声を跳ね返すために企画されたそうです……
二月 公
イラスト／さばみぞれ

満開の桜は咲き続け、
春のような
笑顔がやってくる――

桜並木乙女

Otome Sakuranamiki

今や若手声優の中で一、二を争う人気を誇る桜並木乙女さん。
演技や歌声で彼女を知り、人柄に惹かれてファンになる――、
という方がたくさんいるようです。
アーティストとしての人気も高く、
ニューアルバムを引っさげての春のライブは大注目されています！
今回は、ライブへの想いや新曲についてのロングインタビューをお届けします！

あ！　き、キリン！
やす、キリンって
生で見たことある!?
キリンがいるわ！
修学旅行ロケin上野動物園!!
SCENE #01

……あぁもう、はいはい

「えへへ……、
あ、ありがとうございます……」

「──最終話は、まだだから」

先輩のお家で鍋パーティー!!

SCENE #02

「花火！」
「ネットで話題になったときなんかさ、
『やっとやすやすが認められたって』って号泣よ」

本当に仲が悪いんだから
しょうがないでしょって話だしさ
夕陽とやすみのコーコーセーラジオ！
YUHI to YASUMI no KOUKOUSEI RADIO!
むしろ、わたしは評価してほしいです。

On Air List

声優ラジオのウラオモテ

「…………」

お腹すいた、と柚日咲めくるは自身の腹を擦る。

自宅のベッドに横になり、ぼうっとスマホを眺めているときだった。

きゅうっとお腹が鳴った。時刻はそろそろ、日付をまたぎそうなところ。

今日は夜に生放送の仕事があったので、だいぶ早めに夕食をとったのだ。それも軽めの。

だからこそ、こんな時間にお腹がすき始めている。

「いやいや……、こんな時間に食べたら太る……、絶対太る……」

ごろん、と寝返りを打って呟く。

だって、今日はもう寝るだけだ。食べたいけど、我慢すべきだ。絶対。

そう思って耐えていると、スマホがぽこん、とメッセージを受信した。

相手はどうせ花火かな――、と思って開くと、やはり花火だった。

画面に、彼女の言葉が短く表示されている。

『らーめん、食べたいなぁ』

さらに追加でぺっと画像が貼られる。

とんこつらーめんの写真だった。

先日、仕事の帰り道にふたりで寄った有名店のものだ。

品のいい白色に染まったスープ、きらきらの細麺、ネギ、チャーシュー、味玉……。

それを見た瞬間、わっと味を思い出してしまう。

「なんつータイミングで……。あいつぅ……、卑怯者め……」

恨み節を吐いて、足をバタバタさせる。深夜になんてものを見せるんだ。

まるで、こちらの空腹を見抜いているかのようなタイミングだ。

めくるはむくりと身体を起こして、自身を見下ろした。

小柄な身体を包むのは、温かいモコモコしたパジャマ。

メイクは落としてお風呂にもゆっくり浸かり、歯磨きも終えた。寝る準備は整っている。

はぁ、とため息をこぼしつつ、花火に返信した。

『〝叢雲〟？』

『〝叢雲〟』

『今から？』

『今から』

『用意する』

『やった』

短くやりとりをしたあと、ベッドから降りる。

パジャマの上からロングコートを羽織り、財布と鍵、スマホをポケットへ雑に入れた。

マスクを着けていると、壁からこんこん、と音が聞こえる。

めくるはこんこん、とノックを返すと、そのまま家を出た。

マンションの廊下にはだれもいなかった。深夜に差し掛かっているため、物音もない。

しかし、隣の部屋の扉がガチャリと開いた。中から人が現れる。

若い女性だ。

背が高く、すらりとした体つき。髪をラフにまとめているが、飾らない彼女の雰囲気にとても似合っている。

間違いなく美人ではあるが、美人特有の近寄りがたさはなかった。

彼女の気持ちのいい笑顔は、見ている人を穏やかにさせる。

上品なゴールデンレトリバーみたいだ、とめくるは思う。

彼女はグレーのダッフルコートを着ているが、下はパジャマだ。顔も完全なすっぴん。

まさしく部屋からコートだけを引っかけてきた、という風貌だ。

見慣れた格好の彼女はニッと笑うと、パタパタと手を振ってくる。

それに応じてからドアの鍵を閉めた。

彼女は、めくると同じ芸能事務所ブルークラウン所属、夜祭花火（よまつりはなび）。

めくると同じ、声優である。

同事務所の同期であり、『めくると花火（はなび）の私たち同期ですけど？』のラジオパーソナリティでもあり、ほかでもセットになることが多い。世間ではすっかりコンビとして認識されていた。

花火はコートの前を閉めてから、マスクですっぴんを覆い隠す。

寒々しい廊下をふたりで歩いた。こうして並ぶと、身長差がはっきり出る。

めくるはお腹を擦ってから、ううん、と唸った。

「こんな時間にらーめんだなんて、罪悪感がすごいわ……。花火、あの写真は卑怯でしょ」

「あれ出せば来てくれるだろうな、と思ってさ。まぁまぁ。深夜のらーめんは罪の味ってね。だからこそおいしいじゃん？」

「ほんっとーに、罪深い……。絶対太る」

「めくるは胸に肉つくからまだいいでしょうよ。あたしなんて、まずお腹だし」

「そこはお母さんに感謝してる。でも、そもそも花火は太んないでしょ」

近所迷惑にならない程度にぽつぽつと話す。

お互いに芸名呼びなのは、本番中にうっかり本名を言わないためだ。

本名はもちろん知っているが、使うことはあんまりない。

マンションを出ると、冷たい空気にふたりで身を縮める。

真冬の夜中だ。寒くないわけがない。

「う〜、寒いぃ〜」

花火はポケットに両手を突っ込み、前かがみで歩いた。

めくるも同じように、すたすたと夜中の街を歩いていく。

月は高く、星も綺麗だ。

街灯が照らすばかりで、人影のない道路をてくてくと進む。

「これだけ寒いと、鍋食べたくなるなぁ……。めくるー、今度鍋やろ。食べたい」

「今かららーめん食べるのに、鍋の口にしてどうすんの。まぁいいけど……、何がいいかな。水炊き、キムチ、トマト、ちゃんこ……」

何鍋にするかをやいやい言っているうちに、目的地に着いた。

家から徒歩数分の場所にある、らーめん屋〝叢雲〟。

深夜二時までやっているため、夜食でらーめんを食べるときはいつもお世話になる。

扉を開けると、暖かい空気とともに「いらっしゃいませー、お好きな席へどうぞー」と店員さんの声が飛んできた。そのままカウンター席に座る。

ぺらぺらとメニューを見るが、めくるはすぐに決まった。

まもなく花火も決まったようで、こちらに目を向けてくる。

店員さんを呼ぶ前に、ひとつだけ確認した。

「餃子どうする？」

「あ、クーポンあるから頼もうか。すみませーん」

呼ぶとすぐに来てくれたので、先にめくるが口を開いた。

「えー、とんこつ、麵硬めでお願いします」

「あたしは、味噌大盛とチャーハン、それと餃子をお願いしますー」

店員さんは元気よく返事をしてから、厨房に戻っていく。

「とんこつじゃないんだ」

「メニュー見てたら味噌食べたくなっちゃった」

そんな会話をしつつ、ふたりで餃子のタレやラー油、割り箸をてきぱきと準備する。

そこで、花火がなんてことないようにさらりと言った。

「そういえば今度、『コーコーセーラジオ!』のゲストにあたしたちが呼ばれるらしいね。めくる、もう聞いた?」

そう言われた瞬間、めくるはわかりやすく顔をしかめてしまう。

「この顔は聞いてるね」と花火は楽しそうに笑った。

「……DVD企画でロケやるやつでしょ。一泊二日の。人の番組でやるくらいなら、〝わたうき〟でやりたかったよ。絶対そっちの方が面白い」

『めくると花火の私たち同期ですけど?』、略して〝わたうき〟。

放送回数が250回を超える、めくるたちの長寿番組だ。

今までも何枚かDVDを販売しており、きっちり売上も出している。

どうせやるんなら、花火とふたりでやりたかった。そして、何より。

「まーた、バカな後輩に利用されるわけでしょ。やってらんないっつーの」

はぁと大きくため息を吐く。

歌種やすみと夕暮夕陽の極悪コンビ。

彼女たちには、ずっと辛酸を舐めさせられている。

今までも散々尻拭いに付き合わされたのに、今度は番組でも利用される。

うんざりだ。

「まぁまぁ。一応、あたしら事務所の先輩だし、かわいい後輩のためにも……、あ、きた！」

花火が話している途中で、店員さんが「お待たせしましたー」と注文の品を運んできた。

さっきまで暗い気分だったのに、それを見て一気に吹き飛んだ。

湯気がとんこつの香りを運び、ふわあっと浮かび上がる。食欲をそそる白いスープに、黄金の麺、中心を飾るネギが眩しい。きくらげも入っているのが嬉しかった。

ぐう、と胃が空腹を主張したので、花火といっしょに手を合わせる。

麺を箸ですくいあげると、湯気が膨らむ。熱々の細麺に息を吹きかけ、一気に啜った。

景気のいい音が鳴り、ちょうどいい硬さの麺が口の中に飛び込んでくる。

味わい深い麺は、いつまでも噛んでいたいと思うほど。

スープを口に運ぶと、口の中がすっかりとんこつに染まった。

しばらくふたりとも、夢中で麺を啜った。ある程度落ち着いてから、どんぶりを交換する。

味噌らーめんを一口啜って、スープを飲む。同様に、花火も同じ動きをした。

「んー……。味噌もおいしいなぁ……。今度わたし、味噌にする」

「あたしはとんこつにしよう」

そんなことを言い合い、どんぶりを元の位置に戻した。

その際に、はっきりと言っておく。

「花火。訂正しておくけど、あいつらはかわいい後輩じゃないから。むしろ、憎むべき後輩だから。敵よ、敵」

「なにそれ～。わざわざ訂正しなくても」

花火は笑い声をあげてから、餃子に箸を伸ばす。

ぱくっと口に含んで、「んーっ」と幸せそうに言ったあと、話を続けた。

「それにしては、随分と入れ込んでいる気がするけどね、めぐるは。あ、先輩声優としてね」

めぐるの手が止まる。

花火は大口であぐ、とチャーハンをほおばり、満足そうにしていた。

すぐに反論しないのは、思い当たる節があるからだ。

今までめぐるは、花火以外の声優とは適切な距離を保っていた。

仕事仲間以上の関係になったことがない。

決して近付かず、一線を引き、声優としての自分と、ファンとしての自分を守っていた。

しかし、その壁を破ってきたのがあのふたりだ。

柚日咲めくるの正体を知って、それを仲良くするための口実にしてくる。素を知られているせいで、どうにもこっちの気が抜けるのが困りものだった。

歌種やすみは、人懐っこい犬のようだ。

めくるちゃーん、と嬉しそうに寄ってきて、「遊ぼう遊ぼう？」とキラキラした目でまとわりついてくる。彼女を可愛がる人の気持ちが、腹が立つほどわかってしまう。

夕暮夕陽は、気高い猫のようだ。

孤高で美しく、それでいて壊れそうな繊細さ。澄ました顔で塀の上を歩いているのに、ズルっと落ちる可愛げもある。なんだかんだで、彼女を可愛く思っている大人は多い。

惹かれている。間違いなく。

だけど、それを認めるわけにはいかない。

あのふたりは、声優として許せないことをした。

先輩声優としてなら、あのふたりには憎しみすら抱いているのだ。

「……花火の気のせいでしょ。入れ込んでないし、わたしは嫌い。好きなのは、画面の向こうでだけ」

あくまでファンとして好きなだけ。声優としては嫌いだ。

ぶすっとして言うと、花火は「ごめんてー」と肩にぺたぺた触れてくる。

「ほら、チャーハンおいしい」

花火がレンゲを差し出してくる。

ぱくっと口に含むと、確かにおいしかった。


「……お母さん、ちょっといい？」

リビングでニュースを観ていた母に、渡辺千佳は問いかける。

母は鋭い目つきで振り返り、にこりともしない。淡々とした声で答えた。

「なにかしら。あまりいい話ではなさそうだけど」

当たりだ。

まぁそもそも、千佳からこう話を切り出して、いい話であった試しがないからだが。

千佳は母から目を逸らしながら、そっけなく言う。

「今度、一泊二日でラジオの仕事が入ったから。報告しておこうと思って。出発日は――」

仕事の内容と日付、それもいっしょに伝える。

すると母は、それを遮って鋭い声を突き付けた。

「こういう場合は、相談が正しいんじゃないかしら。行っていいですか？　って」

ピリッとした空気が流れる。

母は今でも、声優の仕事を快く思っていない。本当なら、行ってほしくないんだろう。

それに、高校生の千佳が外泊することにも渋い顔をしている。

とはいえ、これは報告だ。相談じゃない。

もし、母が行くな、と言ってもやめるつもりはなかった。これは仕事だからだ。

千佳のその様子を見て、母はため息を吐く。

「そんな顔はやめなさい。別に行くな、とは言ってないでしょう。仕事なんだったら、止めるつもりはないわ」

渋々、といった様相だが、止めはしないらしい。

強がっていても、許可が出るのはありがたかった。気持ちがすっと楽になる。

「……じゃあ、そういうことだから」

用件は済んだ。回れ右で部屋に戻ろうとしたが、背中に鋭い声が飛んでくる。

「待ちなさい、千佳」

その声の温度にぎくりとする。

振り返ると、母がおそろしく険しい表情をしていた。

千佳を睨みつけながら、ゆっくりと言う。

「……本当に、仕事なのよね。恋人との外泊、とかじゃないわよね。もしそうなら、絶対に許さないわよ」

「………………。事務所に確認してみたら」

「そうするわ」

するんだ……。

いやもう、好きにしてくれ……、と思っていたら、今度は聞き捨てならないことを言った。

「念のために由美子ちゃんにも確認しておくわね」

「！　ちょっと！　それはやめて！」

「あ、あなた！　まさか……！　さては事務所と口裏を合わせているのね……！　でも、由美子ちゃんにまで手が回ってないから、やめてって……！」

「違うから！　そんな恥ずかしい理由で連絡してほしくないだけ！　ていうか、なんで佐藤の連絡先を知っているのよ！」

「ママー。今度、一泊二日で仕事行かなきゃなんだけど、大丈夫ー？」

「んー？　そうなの？　お疲れ様。由美子も大変ねえ。どこ行くの？　お土産買ってきてね～」

「お土産……。買いたいのは山々なんだけどさあ。聞いてよ、ママ。行き先がね――」

「お客さん。着きましたよ」

「んあ……？　あ、ご、ごめんなさい……。おいくらですか……？　すみません、領収書、ください……」

タクシーから降りて、桜並木乙女は眠い目を擦った。

帰りのタクシーで事務所からのメールを返していたが、途中で眠ってしまったらしい。重い頭を抱えて、乙女はのろのろとマンションの扉をくぐる。

生放送の番組に出演していて、スタジオを出る頃には日付をまたいでいた。

明日は朝からだ。やることをやって、早く眠らないと。

メールを返して、今日もらった台本を読み込んで、映像見ながらセリフ合わせをして、オーディションの確認をして、あぁ雑誌のインタビューの〆切っていつまでだっけ……。

「あ……」

気付けば、エレベーターが目的の階で停まっていた。重い足取りで部屋を目指す。

真っ暗な部屋に入り、ぱちっと電気を点けた。

家に着いて、ようやくほっとする。

「まず、お風呂……。あ、ご飯。ご飯は……、食べたっけ……？」

お腹を擦りながら、廊下を歩く。夕ご飯を食べた覚えがない。

お腹はすいていないから、食べたんだろうか。

「はあ……」

疲れ切って、ベッドに腰掛ける。そのまま動けなくなった。

疲労が身体中に回って、重く主張している。何も考えたくなくて、ぼうっとしていた。

このまま、眠ってしまいたかった。

今日は朝から晩までずっと仕事だったのに、まだまだ家でやることがある。

必死に残りの仕事を終えても、明日は朝早くに家を出なきゃいけない。

目の前が暗くなる。ずっとそんな生活が続いている。これからも続く。次の休みはいつだっけ。前に休んだのはいつだっけ……。

「……はっ。いやいや、弱気になっちゃダメだ。お仕事をもらえるうちが花なんだから。……お仕事しなくちゃ、わたしなんてすぐに……」

両頬をぱんぱんと叩いてから、思い切って立ち上がる。

とりあえず、お風呂を入れよう。メイクを落として、それから――。

NOW ON AIR!! 第47回

「夕陽と」

「やすみの―」

「コーコーセーラジオー」

「おはようございます、夕暮夕陽です」

「おはようございまーす、歌種やすみです」

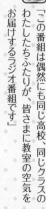

「この番組は偶然にも同じ高校、同じクラスのわたしたちふたりが、皆さまに教室の空気をお届けするラジオ番組です」

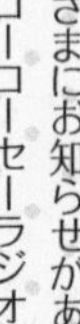

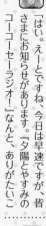

「はい。えーとですね、今日は早速ですが、皆さまにお知らせがあります。『夕陽とやすみのコーコーセーラジオ！』なんと、ありがたいことにDVDの発売が決定しました！　拍手！」

「タイトルは、『夕陽とやすみのコーコーセーラジオ！　修学旅行編』。一泊二日の撮り下ろしロケ企画が収録されます」

「さて、このロケ企画。コンセプトは『仲良しを学ぼう！』となっています」

「以前からちょくちょくリスナーの皆さんから言われている、『本当に仲が悪いんじゃないか？』という声を跳ね返すため、企画されました」

「でも、あたしたちが単にロケへ行っても、空気は変わりませんよね。ですが安心！　ゲストをお呼びしています」

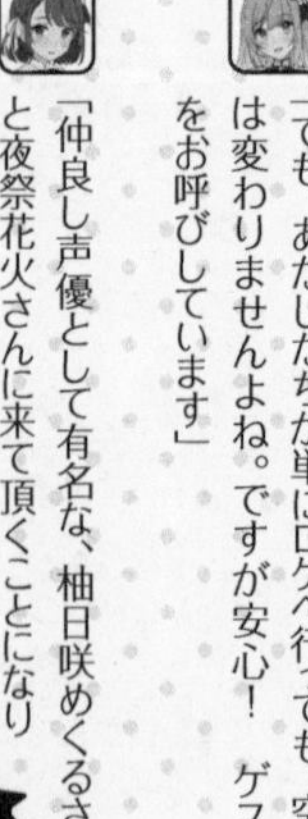

「仲良し声優として有名な、柚日咲めぐるさんと夜祭花火さんに来て頂くことになりました」

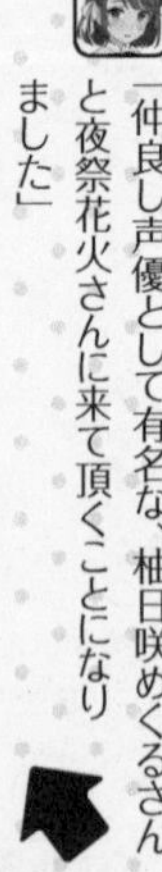

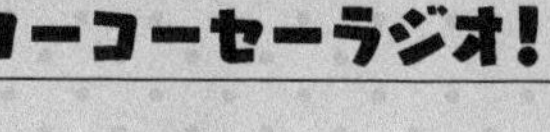

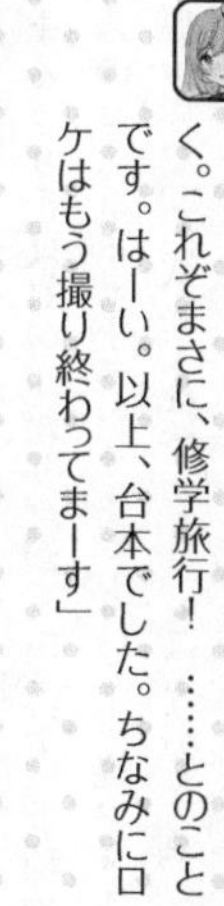
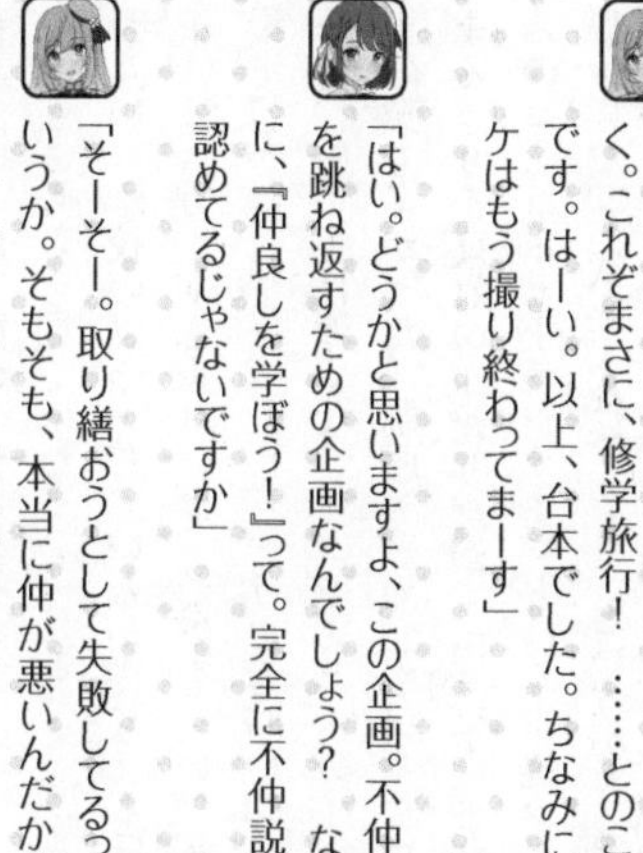

「旅をしながら、ふたりから仲良しを学んでいく。これぞまさに、修学旅行！　……とのことです。はーい。以上、台本でした。ちなみにロケはもう撮り終わってまーす」

「はい。どうかと思いますよ、この企画。不仲説を跳ね返すための企画なんでしょう？　なのに、『仲良しを学ぼう！』って。完全に不仲説を認めてるじゃないですか」

「そーそー。取り繕おうとして失敗してるっていうか。そもそも、本当に仲が悪いんだからしょうがないでしょって話だしさ」

「むしろ、わたしは評価してほしいです。このお猿さんとここまでやってきたことを」

「は？　こっちのセリフなんですけど？　なに合わせてやった、みたいな空気出してんの？　人に合わせられないから根暗やってるんでしょ？　自分の属性忘れた？　闇と虚無と修羅ね」

「そっちこそ、合う人種は限定的なくせに。音楽流れてその場で踊れなきゃ即追放でしょ？　ノリ悪～、って言えば、人を殴っても許されると思ってるものね。本当に野蛮な民族だわ」

「はい、被害妄想～。こっちは踊ってるだけなのに、『殴られる！』って勝手に怖がるのやめてくんない？　こんなのもうハラスメントだわ。根暗ハラスメント、略してネクハラ」

「あなたがやりたいことは飲みニケーションだものね？　最近の若いもんは……、ってツイッターで物申して今すぐに炎上すれば？」

「こいつ……、言っとくけどね、そういうときは大体――」

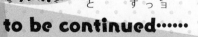

to be continued……

「はい。ここらでね、ちょっと空気を入れ替えないとダメだと思います」

ラジオ収録前の、いつもの打ち合わせ。

テーブルを挟んだ向こう側で、放送作家の朝加美玲は渋い顔でそう言った。

前髪を括っておでこを全開にし、そこに冷えピタがぺたんと貼ってある。顔はドすっぴんで目の下のクマを晒し、上下はスウェットという、「今から寝るんですか？」といった風貌だ。

しかし、これは彼女の平常運転。今だってしっかりと仕事中だ。

佐藤由美子は、隣の千佳を見やる。

千佳もこちらを見ていた。

お互いに学校の制服を着ているが、与える印象は正反対だ。

千佳はスカートも長ければ、前髪も長い。制服はきっちり着込んでいる。

髪で目が隠れているため、どうにも暗い印象が拭えない。隠れた目つきは鋭いけれど。

一方、由美子は派手なメイクでミニスカートだし、ネックレスやイヤリングなどのアクセサリーの類も多かった。制服も着崩しているため、だれもが明るいギャルと認識するだろう。

まるきり正反対のふたりだが、由美子は歌種やすみ、千佳は夕暮夕陽の芸名で、『夕陽とやすみのコーコーセーラジオ！』という声優ラジオ番組を、今までやってきた。

しかし、「空気を入れ替える」というのなら。

「『パーソナリティ交代？』」

互いに互いを指差し、同じことを言う。

次の瞬間、真っ向から睨み合いが始まった。

「こういうときだけ気が合うわね。ぇぇどうぞ好きなところに行って頂戴。今度はちゃんと言葉が通じる人が来てくれるだろうし、今よりよっぽど上手くいくと思うわ」

「は？　あんたが残ったところで、どうせほかの人と上手く話せないでしょ。あ、それとも一人喋りする？　独り言なら得意だもんね。他人と話していても独り言みたいになるし」

「そうね、ひとりで話す方が情報量は多いだろうし。あなたたちって、『わかる』『それ』の五文字で会話するから、中身がなさすぎるもの。猿でももうちょっと語彙力あるわよ？」

「そういうあんたは情報の詰め方に、根暗っぷりが出てるよね。早口のとき、二秒で二百文字くらいしゃべってる？　野菜詰め放題に挑戦するおばちゃんでも、もうちょっと気遣うよ」

「あなたは距離の詰め方に気を遣った方がいいんじゃない？　相手のことを考えずにグイグイいくのは、そのおばちゃんを見習ってるのかしら？」

「それで上手くいってますけど？　あんたが『うわぁ……』って引きすぎて、見えない位置まで下がってる間にね。随分と距離遠いですけど声聞こえますかー、もしもーし」

「出たわ。あなたのそういうところ、本当に嫌い。そもそも」

「はい。そういうところです」

やりとりに割って入られ、朝加の方を見る。

彼女は呆れた顔を作り、こっちに指を差した。

「そういうところ。そういうところだよ、ふたりとも。だから最近、『本当に不仲なんじゃないか』っていう心配のメールが届いてるの！」

朝加はコピー用紙を持ち上げる。

あれは、リスナーからのメールだ。

朝加は数枚のメールを卓上に並べ、要所要所を声に出していった。

「言い合いがガチじゃないか？と心配になります」「あまりの遠慮のなさにヒヤっとします」「正直怖いです」「仲良くする努力して」「オブラートって知ってます？」「バラエティやぞ」

今度はメールに指を乗せ、とんとんと叩いた。

「と、言われています。ふたりの歯に衣着せぬ掛け合いはこのラジオの魅力ですが、同時に弱点にもなりかけています。これは、何とかしないといけません」

朝加は腕組みをし、背もたれに身体を預ける。

しかし、そんなことを言われても。

怪訝な表情で、千佳と顔を見合わせる。

「……いや、でもさぁ。これでも放送内ではだいぶ遠慮してるよ。この気遣いは評価して？」

「そうです。むしろ、そこは褒められて然るべきでは」

「自己評価が高すぎる。急に気が合うね、君たち……」

朝加は再び呆れ顔になる。

ぼさぼさの髪を掻きながら、困ったような声を出した。

「あのね、ふたりとも。そもそも、ふたりのこの空気を容認するためには、前提として……」

彼女は言葉を並べ立てていたが、それがぴたりと止まる。

少し間を挟んだあと、「……そこは今はいい」と言葉を飲み込んだ。

「とにかく！　ここらで一度、空気を入れ替えたいと思います！　そこで、こんな企画が大出さんから通されました」

朝加は立ち上がり、テーブルに手を突く。

そして、力強い声で続けた。

「一泊二日のロケをします」

ロケ。ロケ？　しかも、一泊二日？

どういうことだ……？　と困惑していると、朝加は説明を付け足した。

「コーコーセーラジオ、初の番組DVD化決定です」

それは、純粋にいいニュースだった。

ラジオの番組DVD。声優ラジオでは、しばしば行われる映像化だ。

特に多いのは、パーソナリティがラジオブースから飛び出し、全国各地に行ってロケーション撮影をしてくる、スペシャル感溢れるもの。

朝加がロケと言っているので、まさしくその類を撮るのだろう。

番組によっては日本にとどまらず、海外に渡って撮影をするものさえある。

そこにはもちろん、お金がかかる。

予算をかけてDVDを製作して販売し、売上を回収する。

つまり、『夕陽とやすみのコーコーセーラジオ！』なら、DVDの販売で売上が見込める、と判断されたわけだ。

それは——嬉しい。

たとえ、気に入らない相手とのラジオといえど、人気が出るのは嬉しかった。

「ニヤニヤしちゃって」

「は、は？　し、してないし」

どうも顔が緩んでいたようで、頬杖をついた千佳に指摘される。慌てて、口元を隠した。

千佳は澄ましているように見えるが、頬杖のせいで表情がよくわからない。

「そ、それでロケってどこ行くの？　泊まりだったら、どこでも行けちゃうよねえ」

ごまかすための問いかけだったが、ロケ地は考えるだけでワクワクした。

わざわざ一泊二日するのだから、遠出なうえに目的があるはず。

映像映えする観光地に向かうはずだ。

全国各地、楽しい場所はいっぱいある。

「あ、あたし沖縄！　沖縄行きたい！　この季節でもあったかいだろうしさー、綺麗な海見てさー、泳げたりもするかな？　とにかく、沖縄がいい！」

「あなたは、どこまでも陽気な場所に惹かれるのね。いくら沖縄でも、この時期に泳げるわけないでしょう。そのポカポカした頭、冷たい海で冷やしたら？」

「は？　そりゃあんたみたいな、ジメジメ女に沖縄の直射日光はキツイだろうけど。そういう渡辺はどこ行きたいわけ？　屋根裏？」

「北海道。北海道なら、」

「食べたいだけじゃん……」

「ち、違うわよ！　ほ、北海道には映像映えする素晴らしい景色があるの！　あのー、あれよ、ええと。あれよ、あれとか！」

「食べ物のことしか考えてないから、そうなんの。それより」

さっきからふたりで盛り上がっているのに、朝加は何も言ってくれない。

ロケ地はもう決まっているのだろう。

そのせいか、彼女は気まずそうに目を逸らしていた。

「いやいや、朝加ちゃん。冗談だって。そんなにいい場所は期待してないから、大丈夫だよ。それで、どこ行くの？」

別にどこだって構わない。行けるだけで嬉しい。

それに、行く場所行く場所で魅力的なものはあるはずだ。

だというのに、朝加は目を合わせないままだった。

そのまま、ぼそりと呟く。

「ろ、ロケ地は……、上野動物園と、スカイツリーです」

「……は？」

頓狂な声を出したのは、由美子だったか千佳だったか。

だが、異論を申し出たのは千佳が先だった。

「ちょ、ちょっと待ってください。と、東京……？　県もまたがないんですか？　上野動物園も、スカイツリーも、ここから三十分程度で行けてしまいますよ……？」

「そ、それで一泊二日……？　え、ほ、本気で言ってる？」

あまりのことに困惑するふたりに、朝加はパタパタと手を振る。

「い、いやぁ。ほら、いいところだよ、スカイツリーも上野動物園も。撮れ高だってバッチリだし、ね。楽しいよ、どっちも……」

「いやいやいや！　そういう問題じゃないでしょ！　電車でちょっと行った場所に、わざわざ一泊二日のロケ企画で行く必要ある？　もっとほかにあったでしょ！」

「だって……、予算が、ね」

ぴしり、と固まる。

予算。それを持ち出されたら、何も言えなくなる。

この番組はＤＶＤが出るほど人気があるんだ！　と喜んでしまったが、なんてことはない。

低予算だからこそ、この企画が通ったんだろう。

いや、もちろん文句を言うつもりはない。

ＤＶＤが出るだけ、ロケに行かせてもらえるだけ、十二分にありがたい。

でも、上野動物園とスカイツリーかぁ……、いいんだけどさぁ……。

「……一泊二日にする必要はあるんですか？　都内なら、日帰りで十分なような」

千佳が尤もなことを言う。

すると、朝加はさらに気まずそうな表情になった。

「いやね……。今回の企画は、ゲストに仲良し声優の柚日咲めくる・夜祭花火を呼んで、ふたりに仲良しの秘訣を教えてもらおう！　っていうコンセプトなの」

あぁそこで不仲の話に繫がるのか、と納得する。

あのふたりはプライベートでも仲がいいらしく、番組でも息がぴったりだった。

仲良しを学ぶ、というのは、息の合ったパーソナリティを見て勉強する、ということなんだろう。それなら、あのふたりはこれ以上ないほどの人材だ。

「それはいいけど、なんでそこで一泊二日？」

「……めくるちゃんと花火ちゃんの、部屋でのツーショットが欲しい、って大出さんがね？」

「…………」

「いや、ごめんって……。でも、あのふたりのおかげで成り立つ企画でもあるからさ……」

何を言われても、渋い顔をしてしまう。

あのふたりがベッドで横になり、楽しそうにパジャマトークする姿はきっと華がある。需要があるのは間違いない。

でも、それをコーコーセーラジオで期待するのはいかがなものか。

「……すごいわね。もはやあのふたりがこの企画の中心だわ。予算も持っていってるし」

ぼそっと千佳が言う。言われてみれば、そうだ。

彼女たちをゲストで呼び、ふたりの画を撮りたいがために、ホテルに一泊する。

少ない予算が彼女たちに吸われ、ロケ地が近所になったのだろうか。

しかし、そうしてでもあのふたりを呼ばないと、この企画は成立しないわけだ。

「ま、まぁ。でも、あのふたりを間近で見たら、絶対やすみちゃんたちの参考になるから。このロケは夕陽ちゃんたちにとって、物凄くプラスだと思うよ」

朝加が取り繕うような笑みを浮かべる。

……いや、もはや文句はない。朝加の言うとおりだからだ。納得もする。

しかし、問題があるとすれば。

「これだけガッツリと柚日咲さんたちに乗っかったら」

「まーた、めくるちゃんプリプリしそうだよね」

またも先輩声優を怒らせることになりそうだった。


ロケの話で複雑な気持ちになった、翌朝の通学路。

改札を抜けると、見覚えのある背中が見えた。

「わーかな。おはよー」

声を掛けながら、後ろからべたーっと抱き着く。

クラスメイトの川岸若菜が驚いた顔をしたあと、にへっと気の抜けた笑みを浮かべた。

「おおーう、由美子。おはよー。どしたん？」

若菜がこちらの腕を握ってきたので、ふざけて連結したままバタバタ歩く。

彼女の肩に顎を乗せて、率直に訊いてみた。

「ねー、若菜。人と仲良くするには、どうすればいいと思う？」

朝加からは不仲を何とかするよう言われたが、何をすればいいのかさっぱりだった。

だから若菜に尋ねてみたが、彼女はきょとんとした顔を作る。

「えー、由美子がそんなこと言うなんてびっくり。由美子って、仲良くしたいなー、と思ったらもうなってるイメージだけど」

「……普段なら、そうかも」

いまいちピンと来ないのは、それが原因かもしれない。簡単だ。今まではそれでよかった。仲良くなりたいと思ったら、仲良くなればいい。

けれど、千住だけは。

どうにも仲良くなれる気がしないのだ。

「渡辺ちゃんのことだ」

「…………」

若菜がニヤニヤしながら言ってくるので、唇を尖らせる。的確に当てないでほしい。

「由美子がそんなふうに言う相手なんて、渡辺ちゃんしかいないもんね〜。で、どしたん？なんか仕事？」

「……ま、そんな感じ。実は、渡辺と一泊二日のロケに行くことになってさ」

「え、いいなぁ〜！　どこ行くの？　秩父？　所沢？　東武動物公園？」

「なんで埼玉限定？」

「あは、冗談冗談。一泊二日の仕事なのに、そんな近場じゃないよね〜」

「…………」

若菜はおかしそうに笑っているが、こちらは気まずい笑顔しか返せない。

まさか、一泊二日で県すらまたがないとは思わないだろう。

「……まぁとにかく、渡辺と旅行みたいなことをすんのよ。で、そこで仲良くならないといけないっていう」

口にしてみると、なんだか間抜けなことになっているなぁ、と改めて思う。

修学旅行と銘打っているが、本当に問題児同士の学校行事のようだ。

若菜は頰に指を当てて、んー、と声を漏らす。

「わたしは渡辺ちゃんと仲良くしたいけどなぁ。そんな行事があったら、めっちゃ嬉しい」

「あー、若菜って、渡辺と相性良いもんね」

クリスマスに行ったカラオケでは、ふたりはなんだかんだで上手くやっていた。

由美子だったら、千佳とふたりきりになればすぐに喧嘩だ。

だというのに、不仲解消を要求されている。難しいことを言われている。

悩んでいると、若菜がニマニマとした笑みを浮かべた。

「渡辺ちゃんって、由美子に対して妙に意地張ってる感じするもんね。ま、それは由美子も同じなんだけど。由美子があんなふうになるの、渡辺ちゃんだけだし」

「…………………」

それは、思う。

思うけれど、なんだか複雑な気持ちになるので、あんまり言葉にしないでほしい。

「ま、深く考えないで旅行を楽しむ感じでいいじゃん？　わたしからすると、由美子も渡辺ちやんも、どっちも羨ましいけどね〜」

若菜は軽快にからからと笑う。

若菜と旅行に行ったら、楽しいだろうなぁ。

修学旅行もあるし、三年生でも同じクラスになれればいいのだけれど。

「若菜さー、旅行に行くならどこ行きたい？」

「北海道！」

「食べたいだけじゃん？」

「えー、ご飯は大事だよー。旅行で一番大事だとわたしは思うね！　北海道に行ってさー、おいしいものぜーんぶ食べたい！」

朗らかに笑う若菜は、本当に可愛らしい。

千佳にもこれくらいの可愛げがあればなぁ、と思わずにはいられなかった。

そして、迎えたロケ当日。

本日の予定は、スタジオでオープニングトーク、上野動物園、スカイツリーと回り、ホテルで部屋の模様を撮影して終了――、となっている。

翌日はエンディングトークを撮影して解散だ。

そして早朝の今、スタジオでオープニングを撮る準備をしている。

普段はブースと調整室で演者とスタッフが分かれるが、今はカメラの後ろにスタッフが並んでいた。マイクやカメラに囲まれ、人数も多い。

普段はそばにいる朝加もおらず、カメラの向こうでこちらを見守っていた。

隣にいるのは千佳だけだ。

しばらく待っていると、準備が整ったらしい。撮影の始まりを告げられる。

「はい……三……、二……」

手ぶりでキューが出て、由美子も千佳もスイッチを切り替えた。

本番開始だ。

「皆さん、おはようございます。夕暮夕陽です」

「はーい、おはようございまーす。歌種やすみです」

「夕陽と」

「やすみの」

「「コーコーセーラジオ、修学旅行編！」」

ふたり揃って、挨拶とともに腕を掲げた。

カメラの近くにカンペを出してもらっているので、それを見て進行していく。

「はい、というわけで始まりました、コーコーセーラジオ修学旅行編！　初のロケ！　修学旅行ということで、あたしたちはセーラー服を着用しております！」

そう。今日は衣装として、セーラー服が用意されていた。

白と紺のオーソドックスなセーラー服だ。

ふたりとも、現役高校生なので何ら違和感がない。

それどころか、千佳に至っては異様なまでに似合っていた。

今日は撮影用に髪をセットし、綺麗な顔がしっかりと見えている。

メイクで鋭い目つきをごまかせば、彼女は可愛らしく、可憐な女の子に変身する。

メイクも自然で上品だ。

小柄で細身、儚げな雰囲気の彼女がセーラー服に身を包めば、なんとまぁ清楚な美少女の完成だ。めちゃくちゃ似合っている。

「セーラー服なんて初めて着たけど、結構違和感あるわね。なんだか不思議な感じ」

千佳が自身を見下ろし、ふりふりと身体を動かす。

特に意識はしていないだろうが、その挙動がまた可愛らしい。

目を奪われそうになるのを堪えて、由美子も口を開いた。

「あたしも不思議な感じするー。どうですかね、皆さん。似合ってる？」

そう言いつつ、由美子はカメラの前で手を広げた。

セーラー服はアレンジしていないので、普段のギャルメイクなら浮くかもしれない。

けれど今は、メイクは控えめ、髪は綺麗なストレート。

声優・歌種やすみの姿なので、雰囲気に馴染んでいた。

割と似合っているんじゃないか、と自分では思っている。周りの評判もよい。

千佳がセーラー服のタイをつまみながら、ぽつりと言った。

「セーラー服って、着る機会ないものね。わたしたちの学校の制服、とっくにバレてるから言っちゃうけど、ブレザーだし」

「いきなりぶっこむんじゃないよ……。朝から重たい話聞きたくないんだけど。……あ、進行しまーす。今回の修学旅行には、素敵なゲストが来てくれています！」

パチパチパチ、と拍手していると、ふたりの女性がにゅっとカメラの前に飛び出した。

柚日咲めくると夜祭花火だ。

「はぁい～、みなさぁん、おはようございましゅ～、めっちゃんだよぉ～」

「どうも皆ちゃん、おはようございましゅる！　花ちゃんだよ～！　ぶいぶい～！」

「なんかやべえ奴ら来たぞ」

カメラにぐぐーっと近付いたかと思うと、猫撫で声とくねくねしたポーズで名乗りを上げるふたり。別に台本どおりにやる必要はないが、その奇行には面喰らう。

「どういうキャラなんですか、それ」

千佳が困惑しながら尋ねると、ようやくカメラから離れ、由美子たちの隣にやってくる。

さっきのテンションは一時的なものだったようで、めくる、花火の順に口を開いた。

「いや、この番組ってそういう感じなんでしょ？　二面性出してく、みたいな」

「そういうコーナーもあるって聞いたよ～。だから今、めっちゃん花ちゃんでやってみたんだけど」

「初っ端から後輩イジりがひどい……。ガチャガチャするんで、そういうのやめてください。えー、今回、ゲストで来てくれた『仲良し声優』柚日咲めくるさんと夜祭花火さんでーす！」

「柚日咲めくるです！　最近ふたりとは絡み多いから、今日のロケは楽しみにしてました！」

「夜祭花火でーす！　あたしはふたりとは初めてなんですけど、セーラー服での対面になるとは思ってなかったかな！」

今度はふたりとも、ごくごく普通の挨拶をしていく。

彼女たちも衣装はセーラー服だ。

ただし、由美子たちと違って黒のセーラー服である。

めくるは童顔で身体も小さいため、セーラー服でもあまり違和感はない。

サイズが少し大きめなのか、だぼっとしているのがまたかわいい。

それでも、胸の部分はしっかりと持ち上がっていた。

一方、花火は花火で似合っている。

さすがに現役には見えないが、すらりと背が高い彼女の雰囲気に合っていた。

気さくで親しみやすいお姉さん、といった風貌だ。

彼女たちはちょっと大げさな手ぶりを交えつつ、台本どおり……、ではなく、アレンジをしながら話を進めた。

「今回、ふたりの不仲を解消するために、『仲良し声優』のわたしたちが呼ばれた、って話みたいだけど」

「あたしとめくる、ずっと仲良しってわけでもないから、そう言われてもなーって感じだよね。普通に喧嘩するし」

「この前も喧嘩したばっかだもんね。シェアした餃子のラス一、どっちが食べるかって」

「前食べたからいいよ、って言ってるのに、めくるったら食べてくれないんだもん」

「いや、喧嘩の内容が仲良し」

思わず、そう言ってしまう。

ふたりの息はぴったりで、見ていて心地いいものだった。

さすがだなぁとは思うが、感心してばかりじゃいられない。

「はい、というわけで。今回はこの四人で、修学旅行！　に行きたいと思います。それでは、最初の目的地に、じゃーんぷ！」

四人で、その場でぴょんと飛ぶ。

それを終えると、「オッケーでーす」という声が聞こえて、すうっと現場の空気が軽くなった。

スタッフたちもパラパラと動き出して、次の段取りへ移っていく。

由美子たちも、スタッフに呼ばれるまでは一旦待機だ。

「次の現場、車で行くんですよね？」

「すぐに出発します？」

めくると花火がスタッフと話しているのが見えた。

当然だが、カメラを前にしたときとテンションは違う。

……彼女たちの動きを反芻して、上手いなぁ、と改めて思った。

本来なら、あのふたりだけで場を回すほうがテンポも良く、面白く、番組としては気持ちよく進んでいくんだろう。

しかし、こちらがツッコミせざるを得ない状況を作り、ちゃんと四人の空気にしてくれた。

めくるは由美子たちを嫌っているが、それでもパスはしっかりくれる。

「やっぱり上手いよね、あのふたり」

後ろから声を掛けられ、振り向く。朝加がめくるたちに目を向けていた。

今日は外に出るからか、服装はいつものスウェットではない。

上は白いカーディガンに下はロングのフレアスカート。メイクもきちんとしていて、赤色の眼鏡を掛けていた。

オシャレで可愛らしく、大人っぽい雰囲気だ。

「やすみちゃんたちには、あれも学んでほしいんだよね」

朝加は由美子の背中をぽんぽんと叩くと、ほかのスタッフの元に行ってしまった。

朝加の言いたいことはわかる。あれほどできれば、番組の魅力はぐっと増す。

息はぴったり、雰囲気は良く、プライベートの引き出しもあって、笑いどころもきっちり作る。

何より、空気感が違う。距離もとても近いのだ。

「めくる、セーラー服似合ってるね～。かわいいかわいい。黒なのがまたグッド」

「そ？　ありがと。花火もいいじゃん。さすがに現役には見えないけど」

「そりゃそうでしょ。でも、めくるはまだ現役でいけるかも。普通にまざれそうじゃない？」

「その辺の高校生におはよう！　って挨拶してもセーフになる？」

「二十歳超えてる女がセーラー服でそれやったら、マジで不審者」

花火はけらけらと笑い、めくるも笑みを浮かべている。

楽しそうだ。共演者の垣根を越えた、数年来の親友同士を見ている気分になる。

仲がいいのは何よりだが……、めくるの態度が気になった。

……なんだその顔は。声はやけにやわらかいし、嬉しそうに笑ったりして。

いつも、もっとツンツンしているくせに。

ズルい！

「黒セーラーもいいですねー。ふたりとも似合ってます」

ニコニコしながらふたりに近付くと、めくるは露骨に嫌そうな顔をした。ひどい。

そのめくるを見て、花火はおかしそうに笑っている。

めげずに、めくるのセーラー服に手を伸ばした。

「めくるちゃんかわいいなー。妙にしっくりきてるよね。学生の頃、セーラーだったとか？」

「うるさい、めくるちゃん言うな。そして触るな。あんたに褒められても嬉しくない」

触れた瞬間、身体を引いて顔を逸らすめくる。

びっくりするほど態度がカチカチだ。

花火相手とはぜんぜん違う。

むぅ、と思わず唇を突き出してしまう。なにそれ。なんなの。ひどい。冷たい。

由美子が不満を表情に出しても、めくるは知らん顔をしている。

「めくるぅ。せっかく後輩が慕ってくれてるんだからさ」

「……うるさいな。そういうんじゃないから」

花火がやんわりと注意すると、めくるはばつの悪そうな顔をする。

同じ「うるさい」でも声の温度が全く違う。

由美子がさらに唇を尖らせていると、花火が口を開いた。

「やー、うちのめくるがごめんね。こう見えて頑固だからさ」

花火は友好的に対応してくれるので、それには救われた気分になる。

なので、彼女に助けを求めた。

「花火さん、めくるちゃんと仲良くなる方法を教えてください」

「今の調子なら、すぐ音を上げるんじゃない？　知ってると思うけど、めくるってふたりのことめちゃくちゃ好きだから。この前の焼肉から帰ってきたときも、大変だったよ。何せ、」

「花火！　もう出られるって！」

花火の暴露は、顔を赤くしためくるに止められてしまった。

花火の腕を引っ張り、そのまま連れて行ってしまう。

話の続きは気になるけれど、近くにめくるがいる限りは聞けないだろう。

めくるは花火の前では自分を曝け出しているようで、その関係性が羨ましかった。

「佐藤。外に車来たから、もう行くって」

千佳が扉を指差しながら、そう伝えに来る。

それに、あぁだとかうん、だとか返事すると、千佳がじっとこちらを見ていた。

どきりとしてしまう。

彼女も、めくるたちを見て思うところがあったのだろうか。

千佳はこちらをしばらく見つめたあと、ぽつりと言った。

「佐藤って、セーラー服似合わないわね。二十歳を超えてる柚日咲さんの方が、まだ高校生に見えるもの」

「は？」

「ほら、ぼうっとしてないでさっさと行くわよ」

好き放題言ったあと、千佳はそのまま部屋を出ていった。

「は、腹立つ～……、なんだあいつ……」

同じセーラー服の話題でも、めくるたちとは雲泥の差だ。

こんな状態からめくるたちを目指すなんて、とても無理じゃないだろうか……。

コンビニで好きなものを買っていい、と言われたので、みんなで朝ご飯と飲み物をカゴに入れていく。朝加と花火が「花火ちゃん、遠慮しなくていいからね」「しないよー」というやりとりをしていたのが印象的だった。

コンビニから出て駐車場に向かうと、何台かのバンが並んでいる。

「やすみちゃんたちは、四人ともこれに乗ってね」

朝加がバンを指差したので、そちらに四人で寄っていく。

そこで、千佳がぎょっとして声を上げた。

「え。朝加さんが運転するんですか？」

朝加が運転席に乗り込もうとしているのを見て、全員の動きが止まった。

朝加は平然と頷いているが、四人の顔に不安の色が広がる。

それを見て、朝加の方が慌てた。

「だ、大丈夫だって、ちゃんと安全運転するから。ていうか、今のでみんながわたしをどんな目で見ているか、わかった気がするよ……」

朝加はがっくりと肩を落としつつ、今度こそ運転席に乗り込んだ。

「えー、朝加ちゃんが運転するなら、あたし助手席乗ってもいい？」

運転する朝加の隣に座るのは、とても楽しそうだ。

しかし、朝加は苦笑いを浮かべて、後ろの席を指差した。

「残念だけど、やすみちゃんは夕陽ちゃんといっしょに座って。めくるちゃんたちを見て、勉強してほしいからね」

小声でそう伝えられる。移動中も見るべきところはあるらしい。

そういうことなら、と由美子は後部座席に乗り込んだ。

めくると花火は元々いっしょに座るつもりだったようで、既に二列目に腰掛けている。

由美子と千佳は、一番後ろの席だ。

まもなくして、バンが上野動物園に向かって発進した。

「…………」

「…………」

千佳と隣同士になったところで、特別話すことはない。

窓の外を眺めていると、めくるたちの話し声が聞こえてきた。

朝ご飯を開封しているようだ。

花火は『エビピラフとチキン南蛮の贅沢盛り弁当』とフランクフルトを買っていた。朝ご飯には見えないラインナップだが、今から食べるらしい。

今日は一日ロケだし、朝はガッツリと食べるタイプなのかもしれない。

「お腹すいたー。めくるなに買ったの？　やっぱりガパオライス？」

「なにがやっぱりなのか全然わからないんだけど。朝からそんなエスニックなもの食べないっつーの。あんことクリームのパン。食べる？」

「食べるー。……あ、おいしいわこれ」

囁き声に近いので、ここまで届く声はささやかなものだ。

前に座るふたりは、かなり近い距離で話している。声が小さいのは、その声量で十分だからだ。今は、花火がスプーンを差し出し、めくるがパクっと口にしている。

気の置けない仲、という言葉がとても似合う。

パーソナリティの仲の良さが伝わってくる。

それは、ラジオでは強力無比な武器だ。

不思議なもので、キャスト同士の仲がいい姿はとても魅力的に映る。

そのうえ、ふたりはきっちりと番組を盛り上げる腕がある。人気が出るはずだ。

千佳を見る。

彼女はフルーツサンドを手に持っていた。

『夕陽ちゃん、こんなのあるよ。これおいしいんだけど、あんまり置いてないんだ。どう？』

『へぇ………。あ、朝加さんのオススメなら、これにします』

コンビニでのやりとりを思い出す。

千佳はそっけない声を出しながらも、目の輝きを隠せていなかった。

朝加も随分、千佳の扱いが上手くなったと思う。

千佳は今、嬉しそうにフルーツサンドを開封していた。形を崩さないよう、慎重に。

それをじっと見ていると、気付かれた。

ぱっとこちらに目を向け、不機嫌そうに口を開く。

「な、なに。じろじろと見ないで頂戴」

「へいへい」

可愛くないことを言われたので、由美子は目を逸らす。自分も朝ご飯を食べることにした。

フレンチトーストとホットのミルクティー。温かい飲み物を口にすると、落ち着く。

由美子と千佳の間には、やはり会話がない。

その代わり、めくると花火の話し声が途切れ途切れに聞こえていた。

「それはめくるの逆立ちのせいじゃん！」

何の話かさっぱりわからないが、花火がめくるの言葉に腹を抱えて笑っていた。

屈託なく笑う花火につられて、めくるも俯いて肩を震わせている。

一方、こちらの相方はあまり笑わない。

千佳はフルーツサンドをちょっとずつ口にしている。

お気に召したようで、ふんふん、と頷きながら食べていた。

めくるたちは互いの朝ご飯に言及していたが、由美子から特に何かを言うことはない。

かわいいよなぁ、とは思うけど。

特に今の千佳は、普段の姿とは違う。夕暮夕陽の姿だ。

ただでさえ綺麗な顔をしているのに、そこに加えて雰囲気にぴったりの白いセーラー服。

日常感があるのに、非日常的な光景だった。

スタジオで見たとき、久々に「美少女がいる……」ともろに固まったくらいだ。

ただ、今は番組から用意されたロングコートを彼女は羽織っている。

これはこれで絵になるのだが……、脱がないのだろうか。

車内は暖房が効いていて暖かい。千佳以外は、みんなコートを脱いでいる。

見ると、彼女の飲み物は冷たいミネラルウォーターのようだ。

フルーツサンドと水以外に購入したものはない。

「………………」

ふぅ、と息を吐いてから、ミルクティーのペットボトルを彼女に差し出す。

「え。な、なに」

「あったまるよ。余計なお世話なら、いいけど」

突然の行為に千佳は目を白黒とさせていたが、やがて意図を理解したようだ。

それでも、しばらくは目をぱちぱちさせて、こちらを見つめていた。

……あまり、まじまじと見ないでほしい。慣れないことをしている自覚はあるので、恥ずかしくなってくる。

「あ……、ありがと、う」

千佳は控えめな声で言うと、ペットボトルを素直に受け取った。

そっと口に含むので、由美子はゆっくりと目を逸らす。

めくるたちと違って、なんと不器用なコミュニケーションだろうか。

何とも言えない気持ちになっていると、目の前にフルーツサンドが差し出された。

「……よ、よかったら。おいしいわよ」

「あ、ありがと……」

ぱくん、とフルーツサンドに嚙みつく。

クリームの甘みが口の中に広がり、確かにおいしかった。

「…………………」

そこからは何も言えず、何となく互いに目を逸らす。妙に気まずかった。

「ふわぁ……」

返ってきたミルクティーを飲んでいると、視界の端で千佳があくびするのが見えた。

珍しい。

ライブやイベントで、朝からの現場は何度かいっしょになっている。けれど、千佳が眠そうにしている姿はあまり覚えがない。

大きく口を開けたあと、はふ、と唇を動かす千佳は、いつもより幼く見えた。

「なに。お姉ちゃん眠いの？」

思わずそう問いかけると、千佳ははっとする。

ばつが悪そうにしながらも、小さく答えた。

「……最近、眠るのが遅くて。昨日もあまり早くには眠れなかったから」

「深夜アニメでも観てたわけ？」

「そんなんじゃない」

むっとして言い返してから、千佳は諦めたようにため息を吐く。

「……ファントムが佳境だから、練習時間を多く取りたくて。仕事も少しずつ戻ってきているから、そっちの練習もあるし。熱が入ると、時間を忘れてしまうのよ」

「…………」

その言葉に、内心動揺した。

仕事が戻ってきている、らしい。

夕暮夕陽は以前の騒動があり、仕事がぐっと減った。「声優を続けられるだろうか」と本人が不安を覚えるほどに。……由美子が共感を覚えるほどに。

その問題が解消に動いている、のだろうか。

マネージャー陣の頑張りや騒動後の千佳の行動など、様々な要因が重なった結果かもしれない。

しかし何より、彼女には逆境に負けない実力がある。それが正当に評価されたのだ。

……由美子には、歌種やすみには、「仕事が戻った」なんて実感は全くないけれど。

そもそも、仕事が減ったとも思わなかった。

減るほど仕事がなかったから。

千佳からそういう類の話を聞けば、以前は胸がざわついて仕方がなかった。

醜い嫉妬に絡めとられ、動けなくなることもあった。

けれど、今は何とか押し留められる。冷静ではいられないものの、以前ほどではない。

少しは、自分に自信がついた、ということだろうか。

物思いに耽っていると、千佳がこちらをじぃっと見ていた。

「……え。なに」

嘆息まじりに口を開く。

「……わたしがこんなふうに頑張っているのは、どこかのだれかさんのせいでもあるんだけれど。まぁ佐藤にはわからないわよね。何も考えずに生きていて、羨ましいわ」

「は？　なにそれ。ひとりで完結してついでに人を煽るのやめてくれる？　スナック感覚で人に悪口言うとか、どんな育ち方したらそんな倫理観になんの？　渡辺の幼少期、想像するだけでホラーだわ」

「りん……、え、あなた倫理観って言った？　リンリンって自転車のベルの話じゃなくて？　びっくりした。あなたからそういう言葉が出る方が、よっぽどホラーだから。もう少し気を付けて頂戴」

「こいつ……。あんたは生き様がだいぶホラーだけどね。普段から壁に向かってブツブツ言ってんじゃないの？　会話も一人プレイ。幼少期やっぱ何かあった？」

「出たわ。あなたのそういうところ、本当に嫌い。ひとりを好む人を迫害したがる心理の方がよっぽどホラーだけれど？　一番怖いのは人間、って身を以て証明したいの？」

「確かに陰険な人間の行動は、時にホラーだけど。あれ、今の自己紹介だった？　大丈夫、渡辺は暗いけど、陰険ってほどじゃないから。自信持って『わたしは暗いだけ！』って言っていいよ」

「それなら佐藤は『明るいだけ！』ね。明るければ何をしてもいいと思っている、それこそホラーなモンスターだわ。もしかして、ずっと自虐してた？　大丈夫よ、どんな人間にも価値はあるから。そう卑下するのはやめなさいな」

「卑下、卑屈は根暗の専門分野でしょ。なんであんたらって明るい人種に攻撃的なくせに、自分にも加虐的なの？　傷つけることが好きなの？　やっぱホラーじゃん」

「あなたね……、言っておくけれど――」

気を抜くと、すぐに喧々たる言い合いに発展してしまうのだった。

「はい！　というわけで、やってきました！　上野動物園！」

四人揃ってカメラの前でジャンプし、着地するところから撮影が再開される。

カメラが上野動物園のエントランスをぐぐっと映してから、こちらに戻ってきた。

入口の前で四人が並び、撮影が進んでいく。

由美子たちの周りをスタッフが囲み、さらにその周りを普通のお客さんが歩いている。

遠巻きに見ながら、「テレビの撮影かな？」と口々に話していた。

初めに口を開いたのは、花火だ。

「それにしても、ロケ地が上野動物園ってねぇ。すっごい近場で撮影するんだね。これ一応、修学旅行って体でしょ？　修学旅行というより遠足、遠足というより近足って感じ」

大きなツッコミどころに言及し、彼女はくつくつと笑っている。

すかさず、由美子と千佳がそれに食いついた。

「すっごく思います。企画として大丈夫……？　しかもあたし、ここ何度か来てるから新鮮なリアクションできないよ？　撮れ高、移動時間と同じくらいにならない？」

「本当に。ゲスト側からもクレーム入れてほしいですよ」

うんうんとコーコーセー組が同意すると、今度はめくるたちが素早く声を上げた。

「でもでも〜、花ちゃんは上野動物園だいちゅきだから嬉しい〜！　たのちみ〜！」

「めっちゃんも〜！　上野動物園でロケできるなんて超ハッピー！　なんでふたりとも文句言ってるのぉ〜？」

「ちょっと！　振っておいて裏切るのはマナー違反でしょ！　節度がない！」

「キャラを使いこなすのが早すぎるんですよ。人の番組を喰い散らかさないでください」

めくるたちはしっかり番組用のトークをして、盛り上げてくれる。

ふたりのサポートのおかげで、撮影は上手くいっていた。

進行役の由美子がカンペを読み上げる。

「えー、では、ここからは二組に分かれていきます。めくる・花火ペアの」

由美子が手で示すと、めくるたちがぴんっと手を挙げて「仲良し組！」と声を揃えた。

「……えー、そして。やすみ・夕陽ペアの」

「「……不仲組」」

「……この二組で動物園を巡っていきます。あたしたち『不仲組』は『仲良し組』の後ろをついていき、仲良しの秘訣を探っていきたいと思います！」

そういう台本になっている。

随所随所で彼女たちの行動、言動を学んでいくわけだ。

しかし、めくるは頬に指を当て、こてんと首を傾げた。

「んー、仲良しの秘訣って言われてもねぇ。特に意識していることはないよ？　見ていても、参考になるかなぁ？」

めくるがそう言った瞬間、車内での会話を由美子は思い出していた。

「めくるちゃん、花火ちゃん。これから撮影していくわけだけど。やすみちゃんたちにさ、『仲良しに見えるテクニック』を伝授してあげてくれない？」

走行中、朝加がそう切り出した。バックミラー越しに目が合う。

彼女の運転は意外にもスムーズで、怖い思いをすることもなかった。

朝加の言葉に、先に答えたのは花火だ。

「しょうがないなぁ。夕暮ちゃんは事務所の後輩だしね。特別に秘伝を叩き込んであげよう」

おどけて胸を張る花火と違い、めくるは渋々といった様子で了承した。

「……まぁ。わたしたちが呼ばれたのは、そのためですからね」

……内容が内容だけに、すんなり応じてくれたことに違和感を持つ。

もしかしたら、朝加があらかじめ根回ししてくれたのかもしれない。

花火がぱっと振り返る。身体ごとこちらに向けて、口を開いた。

「ふたりとも、台本は読んだよね？　上野動物園に着いてからも、あたしたちが『仲良しの秘訣を教える』ってくだりになるけど、あらかじめ言っとく。そこでは、あたしたちはふわふわしたことしか言わない」

「可愛らしいことを言うって意味ですか？」

「そっちじゃなくて、曖昧って意味のふわふわ」

くくっと花火が喉を鳴らす。

「その場で具体的なことを言うと、あたしたちがそのテクを使ってるように見えるでしょ？　本当に仲いいのに、ビジネスライクに見えちゃう。まぁ実際に使ってるんだけどね。だからこそ、表で言うのは勘弁って感じかな」

人差し指を振りながら、花火はそう言った。

彼女の口ぶりに、思わず横槍を入れてしまう。

「え。実際に使うって、仲良く見えるテクをですか？　花火さんたちでも、そういうことやるんですか」

「やるやる、やるよー。気を付けていることは結構あるよ？　リスナーには、仲いいのをわかりやすく伝えたいし。といっても、難しいことはやらないけどね～。ね、めくる？」

花火が声を掛けると、めくるがちらりと見たようだ。

花火と違ってわざわざこちらに顔を向けないが、説明はしてくれるらしい。

嘆息まじりに、前を向いたまま言った。

「……物理的な距離は普通の人より近く。相手に向ける笑顔はより多く。それだけでも、気を付けていれば効果的だよ」

そんなことか、とは言えない。

言う分には簡単だが、間違いなく由美子と千佳はできていない。

意識しない限り、わざわざ近付こうとは思わない。笑顔だって少ない。

それにこれはまだ、一つ目のテクニックだった。

「…………」

前方を歩くふたりを見やる。

既に仲良し組と不仲組に分かれて、園内を歩いている。

動物園は当然ながら、多種多様の動物で溢れており、非日常的な光景が広がっていた。キリンやゾウなど、巨大な動物を肉眼で見るのはなかなかに迫力がある。

一方で、プレーリードッグを始めとした小動物が、ちょこまかと駆け回る姿は可愛らしい。

子供がはしゃぎ声を上げ、大人が笑顔でついていく。

園内は朗らかな喧騒で満ちていた。

由美子は動物の臭いを感じながらも、動物ではなく、仲良し組を観察する。

お互いの距離は近く、笑顔は多く。

その言葉どおり、めくると花火の距離はかなり近い。楽しそうに笑顔を向け合ってもいる。

しかし、普通の人より距離は近いが、さっきよりはむしろ離れていた。

『あたしたちは、カメラの前だと普段よりちょっと離れるね。普段の距離だと、逆にあざとく見えちゃうから』

花火がそう言っていたのを思い出す。

いろんな工夫をしているんだなぁ、とまじまじ見つめた。

「わー！　花火、ゾウだよ、ゾウ！　すっごくおっきい！　でっかー！」

「お、おおおー……、ぞ、ゾウって間近で見ると怖い！　かわいいより怖いの方が強い！」

今もカメラの前で、きゃっきゃとはしゃいでいる。

車内ではぶすっとしていためくるも、今は百点満点の笑顔を見せていた。

楽しそうで、可愛らしい。

ゾウに目を向けたまま、互いの腕をぺたぺた触る仕草も相まって、物凄く仲良しオーラが出ている。セーラー服なので、本物の学生のように見えた。

車内のめくるたちも仲は良さそうだったが、あれは「静」とでも言おうか。映像的にはわかりにくい。今のように、「動」の方が直接的に伝わる。映像映えするのだ。

……今度は、千佳に目を向けた。

カメラがこちらを見ていないせいか、おそらく彼女は油断している。

わくわくした目で動物を見つめていた。

「おお……、バイソン……。いまいちピンと来なかったけど、目の前だと迫力がすごい……。ちょっと、やす！　バイソンがいる！　あなた、バイソンって聞いてパッと思い浮かぶ⁉」

プライベートか？

動物を見てテンションを上げる千佳に、「たまに本当に子供っぽいよな……」と思う。

「お姉ちゃん、遅れてるから。バイソンに失礼なこと言ってないで、あのふたり見るよ」

めくるたちを指差しながら注意する。

スタッフ陣から離れると、それこそ学生がただ遊びに来ただけに見えてしまう。

千佳(ちか)ははっと顔を上げ、わざとらしく咳払(せきばら)いをした。

「そ、そうね……。これはまぁ、はしゃぐ練習をしただけだから。さ、仕事仕事……」

顔を赤くして、慌てて歩き始める。

相変わらず、ごまかすのが下手だな……。

「…………ん」

千佳(ちか)の練習、という言葉に触発されたわけではないが、学んだことは実践するべきだ。

めくるたちの真似(まね)をしよう、と思い立つ。

距離は近く、笑顔は多く。とりあえず、距離だけでも試してみる。

近い！　と怒られそうなところまで近付いた。

少し身体(からだ)を動かせば、触れてしまう距離。千佳(ちか)のすぐそば、左後ろに寄り添った。

そばに千佳(ちか)の顔と、身体(からだ)がある。

さらさらと揺れる髪、見慣れないセーラー服、細い肩、端整な横顔。

普段は意識しないのに、近いせいか、「女の子だよなぁ」と当たり前のことを思う。

……なんだか、ドキドキしてきた。

今の千佳(ちか)が、まごうことなき美少女なせいだ。

どぎまぎしてしまって、思わず華奢(きゃしゃ)な身体(からだ)から目を逸(そ)らした。

　すると。

「わ！　ゾウ！　……いった！」

「ぐっ！」

　ピタっと千佳が立ち止まったせいで、どんっ！　とぶつかる。

　こちらがよそ見をしていたので、結構な勢いだった。

　そのまま、ふたりしてパタパタと地面に倒れてしまう。

　当然、千佳からは文句が飛び出した。

「ちょっと！　なに、なんで⁉　言葉じゃなく物理的な攻撃をするようになったら、いよいよ野蛮人よ、あなた！」

「ちが、ちがう……、あんたが急に立ち止まるから……！　ゾウさんでそんなピタって止まることある……？　鼻長い生き物初めて見たの？」

「べ、別にいいでしょう、見ても……！　人にぶつかっておいて、何よその態度は！　当たり屋でももう少し謙虚よ！　あなたのそういうところ、本当に嫌い……！」

　そうやってワチャワチャしているものだから、カメラがいつの間にかこっちを向いていた。

「「撮るようなものじゃありません！」」

「あぁ、あとはそうだねぇ。動物園はハプニングが多くて、いいね」

「ハプニングがあると、使える絵面は作りやすい」

距離と笑顔の話のあと、めくると花火は新たなテクニックを教えてくれた。

めくるは変わらず前を向いたままだが、花火はにっと笑ってこちらに指を差す。

「動物ってさ、想定外の動きをすることあるでしょ？　それを見て人はびっくりする。びっくりしたふたりがくっついて硬直、そのあと顔を見合わせて、『びっくりしたー』って笑ってたら、どう？　仲良しっぽくない？」

「仲良しっぽい……」

その光景がありありと思い浮かび、そう呟いてしまう。

「これは動物園に限らず、だけどね。何かびっくりすることがあれば、やって損はない！」

「やった」

「やったわね」

ふたり並んで呟く。

先ほどのことだ。

ゴリラの檻の前にいためくると花火の元に、カメラがやってきた。

ふたりがコメントをしていると、突然、近くのゴリラが激しい喧嘩を始めたのだ。

その迫力に、おおー、とほかのお客さんが沸く中、めくると花火は目を真ん丸にしてゴリラを見つめた。驚きで身体を硬直させて。

めくるは花火の腕を摑み、花火はめくるを抱き留めていた。

そのまましばらく固まっていたが、ふっと力を抜くと、顔を見合わせて、「へへへ、びっくりした」といった表情で笑う。

そこをカメラがばっちりと捉えていた。

さりげないボディータッチや気の抜けた表情が、何とも見事だ。動きも実に自然だった。

ある程度は演技だろう。

だが、あの表情ができるのは本当に仲がいいからだ。

それに感心はしたものの、そのせいでカメラがまためくるたちに持っていかれた。

カメラが離れたせいか、千佳は再びふらふらと動物に吸い寄せられていく。

「虎……、こんなに近くで見られるのはすごいわね……。怖いけど、かわいい……」

千佳は虎の檻の前でしゃがむ。目の前で寝そべる虎を、わー……、と覗き込んでいた。

「…………」

虎は、確かに可愛かった。

眠たげに寝そべる虎に、つられて由美子も座り込む。

仕事中なのは重々承知だが、迫力と愛嬌を兼ね備えた姿に、視線がつい引き寄せられた。

「ひゃっ」

しかし、虎が急に起き上がり、思わずビクッとして身体を引く。

その瞬間である。

「ぎゃっ！」

「いった！」

いつの間にか、すぐそばにいたらしい千佳と思い切りぶつかった。

由美子の頭が千佳の顎にクリーンヒットし、がんっ、と嫌な音が鳴る。

鋭くも鈍い痛みに、由美子は頭を押さえて再びしゃがみ込む。

千佳は千佳で、顎を押さえて悶えていた。

「な、なんで、あんたそんな近くにいんの……っ！　頭、いった……！」

「夜祭さんの話を聞いてなかったの……っ！　びっくりすることがあれば、やって損はないと言っていたでしょう……！　だから、そばにいたのにこれよ……っ！」

どうやら、千佳なりに花火のアドバイスを実践したらしい。

その姿勢自体はいいのだが、やり方に問題がある。

「それなら、あたしがびっくりしても問題ない場所で待機するべきでしょ……っ！　確実にぶつかる場所に顎を置くな……！　罠の配置の仕方だからね、それ！」

「あなたこそ、虎が起き上がったくらいで驚かないで頂戴……っ！　あぁもう、変なところで気が小さいんだから……っ！」

お互い、痛みに呻き声を上げる。

そして、その様子をいつの間にかカメラが捉えていた。

カメラマンも困惑していたが、それでもこちらにカメラを向けている。

「これ、絶対使える映像じゃないでしょ……っ」

「カメラ映えしないわたしたちが悪いんでしょうけど……！　もっとほかに撮るところありませんか……っ！」

「……って感じかな。あとはもうないかも。質問があるなら受け付けるぜ」

車内での花火は丁寧に、ほかにもいろいろとテクニックを教えてくれた。

はー……、と感心したあと、メモを取った方がよかっただろうか、と今更思う。

スマホのメモ帳を起動していると、その行動含めて、すべてをひっくり返すようなことを花火は明るく言い放った。

「ただし、言っておこう。これらは君たちがやったところで、多分上手くいかない」

「えぇ……」

急にハシゴを外されて困惑する。今までの話がすべて無駄になるではないか。

その様子を愉快そうに見たあと、花火は軽やかに続けた。

「仲良くしているフリ、っていうのは案外バレるよ。リスナーもその辺り敏感だからねぇ。じゃあなぜ、これらを君たちに伝えたのか。それは……」

軽快に話していたが、その声が急に止まる。

そこでなぜか、花火は運転席を振り返った。

そのままの姿勢で固まったあと、ふっと小さく笑う。

「──その先は、自分たちで考えてみよっか。一番大事なことは、いったい何だろうね？」

あの言葉の意味は何だったのか。

めくるたちをずっと目で追っているが、答えは得られない。

このあと、飼育員さんといっしょに動物にエサをやったり、触れ合ったりと、撮れ高は用意されている。なので今、園内を歩く姿はそれほど重要ではない。

とはいえ、めくるや花火ばかりがカメラに抜かれ、こちらがいい画を作れないのは焦る。

だというのに、千佳は動物を前にふんふんと興奮していた。

「さ、佐藤！　カバよ、カバ！　わたし初めて見たわ！　あんなにおっきいのね！　びっくりした！　圧がすごい！」

「……お姉ちゃーん、今お仕事中って自覚ある？　芸名使って、芸名」

聞いているのかいないのか、彼女は目を爛々とさせてカバを見ている。

確かに動物は見ていて楽しいが、そこまで興奮することだろうか。

「あんた、いちいち立ち止まるね……。あんまり離れると、スタッフさんから怒られるよ」

呆れながら再び注意すると、千佳ははっとしてめくるたちを見る。

慌てて、ぱたぱたと駆けていった。その忙しなさにため息を漏らす。

めくるたちと程よく距離を詰めたので、千佳の隣に並んだ。

しかし、彼女は既に周りの動物に目移りしている。

めくるたちのことは、千佳の分まで自分が見ておいた方がいいかもしれない。

半ばそう諦めていると、千佳がぽつりと呟いた。

「わたし、動物園って来たことなくって。こんなに楽しいものだなんて知らなかったわ」

「え、そうなの。ちっちゃいときにも来なかったの？」

「小さい頃はあったかも。でも、記憶にないから。行っていたとしても大昔ね」

「あぁ……」

彼女の家庭環境を考えれば、何となく想像はついた。

千佳の両親は、千佳が幼い頃に離婚している。両親が揃っていた頃なら、動物園にも行ったかもしれない。けれど、そのときの記憶はもうあやふやなんだろう。

かといって、千佳の母が娘を動物園に連れて行く姿は想像しづらい。

「あなた、うちのお母さんは動物園なんて連れてってくれなさそう、と思ってるでしょう」

「……的確に考えを読むんじゃないよ。まぁそうだけどさ」

「かわいい動物を見ても、うちの母はこんな顔をしてそうだから」

千佳は目を指で吊り上げてみせる。普段はしないだろうが、今はテンションが高い。

その冗談には思わず笑ってしまった。

自然と、返答もやさしい声色になる。

「……ま。来たことないなら、今日その分、楽しめばいいんじゃない。仕事だけどさ」

「あ！　き、キリン！　やす、キリンって生で見たことある⁉　キリンがいるわ！」

「聞けよ。……あぁもう、はいはい」

千佳が柵にかぶりついて指を差すので、笑いながら近付く。

そこで、はたと気が付いた。

不自然にならないよう、カメラの位置を確認する。

すると、いつの間にかこちらに向けられていた。

今の自分たちは、一見すれば仲が良さそうに見えるかもしれない。

それも、自然な形で。

いい絵面なんじゃないか、と思える。

仲良くしているフリは案外バレる、と花火は言っていた。

けれど、今のこの状況は決して作られたものではない。

これならば、観ている人にも素直に伝わるのではないか。

「……あぁ」

花火が言いかけてやめた言葉を思い出す。

なぜ、花火が上手くいかない、と言いつつテクニックを教えてくれたのか。

自分たち程度の関係では、偶然、自然な形ができるのを待つくらいしかできない。

意識してリスナーに見せようとするならば、それは。

「自分たちは協力して、歩み寄るつもりがあるよ」という姿勢なのかもしれない。

上野動物園でのロケは、無事に終了した。

四人揃えばめくると花火は番組全体を盛り上げてくれるし、そのうえで自分たちをアピールしていく。その手腕は舌を巻くほかなかった。

そして、次のロケ地はスカイツリー。

例によって、スカイツリーのエントランス前で横並びになると、撮影が開始された。

「はい！　というわけで、やってきましたスカイツリー！　なんかこー、上野(うえの)動物園(どうぶつえん)と同じで、どうしても見覚えがある場所ですが！」

由美子(ゆみこ)がそう声を上げると、カメラが上空を向く。

快晴の中、ツリーが高く高くそびえ立っていた。

花火(はなび)がぐぐーっと上を向いて、手のひらを目の上にかざす。

「いやー、ロケでスカイツリーに来るとはねえ。これ、どうするのが正解なのかね？」

それにめくるも続く。

「新鮮なリアクションをなにひとつ取れないからねー……、どうしようか？」

三人が三人とも、「来たことあるしなぁ……」という空気を出す。さっきは動物がだいぶ助けてくれたが、スカイツリーだとどうだろうか。そこで、千佳(ちか)がおずおずと手を挙げる。

「あの。皆さん、スカイツリーに来たことあるんですか？」

「あ、夕暮(ゆうぐれ)ちゃん来たことないんだ。それはよかった、新鮮な気持ちで楽しめるね。まぁでかくて高いショッピングモールだと思っておけば間違いないよ」

「言い方」

「適切ではありますけどね……」

花火(はなび)が楽しそうに、再び上空を見上げた。

「でも、初めての人がいるのはいいね！　展望台は結構迫力あるし、夕暮(ゆうぐれ)ちゃんのリアクションを……、え、なんですか？　……え？　展望台行かない？　展望台行かない⁉」

花火が頓狂な声を上げるが、それも仕方がなかった。

由美子もめくるも、唖然として問い詰める。

カメラの後ろにいる、作家の朝加にだ。

「ちょ、ちょっと待ってよ、朝加ちゃん。え、なに。じゃああたしたち、スカイツリーに来ておいて展望台には上らず、下をうろうろして帰るの？　じゃあもうここは、本当にただのショッピングモールじゃん？　今からショッピングモールでロケするの？」

「え、なんでスカイツリーに来たのに、展望台には行かないんですか？　……チケットが高いから？　……薄々わかってましたけど、お金なさすぎません？　大丈夫ですか？」

三人が騒然としていると、「行って行って！」と指示されてしまう。

仕方なく、由美子は進行に戻った。

「と、というわけで、今からスカイツリーに行きますが、展望台は上りません！　下の方をうろうろして帰りまーす！」

花火とめくるが「お、おー」と気まずそうに手を挙げたが、千佳だけは不思議そうに首を傾げていた。

「朝加さん、これ本当に展望台行かないんですか？　ソラマチで全部済ませます……？」

「この感じだと、水族館とかお金かかるところは行かないよねぇ……」

めくるたちが朝加に詰め寄り、朝加は「まぁまぁ」と困ったように笑っている。

既に一行はスカイツリーの中を進んでおり、広い通路をぞろぞろと歩いていた。

いろいろと諦めている由美子は、もう異議を申し立てる気にもならない。

めくるたちの少し後ろをついていく。

周りはたくさんのショップが並び、人通りも多くて賑やかだ。明るくて華がある。

今はひとまず、遅い昼食をとるためにフードコートに向かっていた。

「……ねぇ、佐藤」

こちらにトトト、と近付いてきて、千佳が耳元に口を近付けてきた。

「さっきはなぜ、微妙な空気になっていたの？」

耳元で囁かれ、びくっとしそうになる。

彼女のウィスパーボイスは背中がぞくぞくしてくる。威力も高いのでやめてほしいのだが、本人に自覚がないのが厄介だった。過剰反応するのも恥ずかしい。

軽く咳払いをして、ごまかしてから答えた。

「スカイツリーって、やっぱメインは展望台じゃん。せっかく上に高いんだし、上れるんだからさ。当然、そっからの景色を撮ると思っていたわけ。それなのに、下だけで撮影を済ませるって言われたから。そうなると、わざわざスカイツリーに来る意味がほぼないんだよね」

由美子は周りに目を向ける。

様々なグッズから始まり、雑貨やファッションなど、たくさんのお店が並んでいる。飲食店の種類も豊富だ。

買い物を楽しむ分には大変いい施設だが、映像映えするかどうかは言うまでもない。

千佳がちらりと上を一瞥した。

「ふうん……。『チケットが高いから』と朝加さんが言っていたけれど。そんなにするの？」

「確か……」

由美子が記憶の中の値段を口にすると、千佳は苦笑する。

「それは、うちの番組の予算だと厳しいわね」

「悲しいことにね」

チケットはそれほど高くはないが、残念ながらこのロケは非常に低予算だ。

そもそも予算がきちんとあるのなら、東京都内で一泊二日のロケなんてしない。

「上らなくても、十分に楽しめそうだけどね。確かに上からの映像がないんじゃ、物足りないかもしれないけれど」

千佳は物珍しそうに、きょろきょろと辺りを見回している。

フードコートが見えてくると、「あ、うどんおいしそう」なんてのんきに言っていた。

そこで、由美子はちょっと意地悪な顔になる。

「ま、子供なら下だけでも大喜びだろうしねえ。あんたも同じだろうけど」

千佳に向かって皮肉を言うと、彼女は前を向いたまま頷く。

「そうでしょうね。子供だったら一日遊べそう」

「………………」

遠回しに「あんたは子供だから」と言ったのだが、完全にスルーされてしまった。

それはそれで何だか寂しい。

勝手なことを考えていると、花火がフードコートのそばで声を上げた。

「あー、お腹すいたー。今からお昼食べられるんでしょ？　もうお腹ぺこぺこだよー、なんか間食すればよかった」

「えっ」

お腹を擦りながら言う花火に、驚く。

朝、あれだけ食べていたのに、昼も普通に食べるんだろうか……？

そんな由美子の困惑をよそに、フードコートでの撮影が始まる。

フードコートの一角を使わせてもらい、ここでコーナー企画を行うのだ。

「はい！　ではでは、ここでやるコーナーを発表いたします！　題して、『以心伝心！　ふたりが食べたいものはなんだろな』のコーナー企画のコーナーでーす！」

パチパチパチパチ、とセーラー服姿の四人が拍手をする。

そのまま、由美子が説明を進めた。

「仲良し組と不仲組に分かれ、今、何が食べたいかをフリップに書いてもらいます。選択肢はフードコートのお店にあるものだけ！　そこで書いたものが食べられる！　というコーナーになっておりまーす」

「ちょちょちょ、ちょっと待って！」

急いで手を挙げたのは、花火だ。

彼女は顔を青くしながら、慎重に質問を口にした。

「あの……、それって、外れた方は食べられない、とかそういうのじゃ、ないよね……？」

「ええと……、あ、揃ったチームは一品追加できるっていうご褒美があるみたいです。外したチームは別メニューになりますけど、ちゃんとご飯は食べられます」

「よかった……、ありがと……」

心底安心したように、ほーっと息を吐く。

それに笑っていると、今度は千佳が手を挙げる。

ぴん、とまっすぐに腕を立てて、どこまでも真剣な表情をしていた。

「それ、仲良し組と不仲組は条件同じなんでしょうか。なら、わたしだけ絶対的に不利です。皆さんは先ほど見た動物の思考が読み取れますか？　無理でしょう。わたしだって無理です。

なのに、この条件はあんまりです」

「は？　ちょっと。それを言うなら、あたしだって……」

「今大事な話をしてるから」

思わず物申そうとした瞬間、鋭い目つきで黙らされる。眼力が強すぎて怖い。

なんだその殺気は……、と息を呑んでいると、スタッフがカンペをめくった。

「え、ええと……。あ、ハンデとして『不仲組は直接的じゃなければ、相談アリ』とのこと……、ですが」

「安心しました」

表情を崩さないまま、彼女は姿勢を正した。

千佳がなぜそこまで真剣なのか、理由を察する。

……彼女は、プラス一品を逃したくないのだ。きっと、何か食べたいものがあるのだろう。

食い意地の張っている彼女らしい。

さらに言えば、千佳は心底負けず嫌いだ。由美子と同じで。

由美子も、ここで外すつもりは毛頭なかった。

いくら仲が悪いとはいえ、ラジオを始めてもう少しで一年。

さすがに、互いのことはある程度わかる。制限ありでも、相談できるのなら問題ない。

「やす。わかるわよね」

めくると花火が黙々とフリップに書き込む中、千佳が力強く言う。

彼女はテーブルの上で手を組み、まっすぐに前を向いていた。

視線の先にあるのは、ソフトクリームの置物。スイーツのお店を見ている。

……え。ソフトクリーム？　お昼ご飯に？　え、これ大丈夫？　ソフトクリームにするの？

そう、一年前なら思ったかもしれない。

「おっけ。わかってるよ」

返事をすると、千佳がほのかに微笑む。ふたり同時に書き始めた。

わかるわよね。彼女が示唆するとおり、それ以上、言葉は必要ないのだ。

もちろん、答えはソフトクリームではない。千佳は甘味が好きだが、お昼ご飯にするほどではない。あの目は、プラス一品であれが食べたい、ということ。つまり、食後のデザート。

メインディッシュは、彼女が既に宣言している。

〝あ、うどんおいしそう〟

これ以外に食べ物の話はしていない。つまり、正解はうどんだ……！

さらさらと「うどん」と書く。そこで、全員の回答が書き終わったようだ。

「はい！　では、同時に出しましょう！　どん！」

掛け声とともに、全員のフリップが表になる。

花火(はなび)『かいせんどーん』
めくる『海鮮丼』
やすみ『うどん』
夕陽(ゆうひ)『たこ焼き』

「「ちょっと」」

ふたりして立ち上がり、向かい合ってお互いに指を突き付けた。

「うどん⁉ なぜ、うどんなんて出てくるのよ！ わかるわよね、ってわたしが念押ししたのに聞いてなかったの⁉ あなたのそういうところ、本当に嫌い！」

「それはこっちのセリフだわ！ なんでたこ焼き⁉ あんたさっき、『うどんおいしそう』って言ったじゃん！ それだったら普通うどんだと思うでしょうが！」

「あれはただの感想でしょうに！ 深読みして違ったら逆ギレなんて、厄介な考察勢じゃあるまいし……！ あなたみたいな人が、すぐに解釈違いだなんだと騒ぐんだわ！」

「はーはー、じゃあなんで夕暮(ゆうぐれ)さんはたこ焼きにしたんですかー、納得いく答えくださいー」

「たこ焼きはスカイツリー限定のメニューがあるから。こういうところに来たら、普通は限定メニューを頼むでしょう？」

「あんたのセオリーは知らん！　なにそれ、あっさ！　ていうかノーヒントじゃん！　伏線を張れ！　これミステリーだったら、登場してない人物が犯人ってオチだからね！　そもそも、限定メニューならほかの店にだってあるっつーの！」

「え、そうなの……。あぁそう。ふうん。あ、わたし進行しますよ。ええと、それでは、」

「おい！　こっち向け！　進行に逃げるな！」

結局、不仲っぷりをアピールするばかりで、勝負は仲良し組に持っていかれてしまった。

ちなみに、めくるたちがノーヒントでも揃った理由は、「大体わかる」であった。

スカイツリーでのロケも終了し、一行はホテルに向かう。

このあとは、部屋で過ごす姿をちょこっと撮るくらいだという。

今日の仕事はもう終わったようなものだ。セーラー服もホテルへ行く前に着替えてある。

全体的に低予算ロケのため、どんなホテルか心配だったが、それは杞憂に終わった。

部屋での撮影があるためか、ほどほどに立派なホテルだったのだ。

ホテルには何の不満もない。あるとすれば、ひとつ。

「はい、やすみちゃんと夕陽ちゃんの部屋ね」

朝加から、部屋のキーを渡される。当然のように同室だった。

ほかの声優ならだれでも同室大歓迎だが、千佳（ちか）とならシングルの方がマシだ。

少なくとも、一日中いっしょにいたのだから、部屋くらいは別でいいのではないか。

お互い、同じことを思っていたのだろう。微妙な表情で顔を見合わせる。

「……なに」

「そっちこそなに」

「は？」

「あ？」

「はーい、ふたりともさっさとお部屋行こうねー」

朝加（あさか）に背中を押されて、仕方なくエレベーターホールに向かった。

めくるたちも同室のようだが、彼女たちは全く抵抗がなさそうだ。

むしろ当然、といった様子でキーを受け取っていた。

四人が同じフロアで降り、めくるたちが先に廊下を歩いていく。そこで声を掛けた。

「ねー、めくるちゃん、花火（はなび）さん。あとで部屋に遊びに行っていいですか？」

「来るな。来たら警察呼ぶ」

「え……、ひど……、そこまで言う……？」

あまりにも強いめくるの拒絶を受け、花火（はなび）に視線で助けを求める。

「ご、ごめんね……、めくるがこう言ってるから……」

彼女は肩を震わせている。ダメらしい。

遊びに行くのは諦め、大人しく自分たちの部屋に入った。

カードキーを所定の位置に差し込むと、そこそこ広いツインルームが明かりに照らされる。

落ち着いた雰囲気で、ベッドのほかにはテレビや小ぶりのテーブル、オシャレな椅子もある。

仕事で取ってもらった部屋としては、文句のつけようもない。

ただ、ベッドはふたつ並んでいる。隣の千佳に問いかけた。

「お姉ちゃん、ベッドどっちがいい？　あたし窓際」

「わたしも窓際」

「…………」

「…………」

お互い、譲る気はさらさらなく、即座にじゃんけんが始まった。

結果は残念なものだったが。

機嫌良くしている千佳を横目で見つつ、荷物の整理をする。

千佳の家に泊まったときと同じ、小さめのボストンバッグを開いた。

整理していると、ポーチが目に入る。

化粧水やメイク落とし諸々が入った、お泊まりセットだ。

お風呂の前後に使うものを入れてある。

……お風呂。

あらぬことを思い出して、ぶんぶんと頭を振った。いやいや。いくら同室といえど、いっしょに入るわけがない。おかしいおかしい。何を考えてるんだ。

「あ、このホテルって大浴場あるのね」

「ひゃっ！　……だ、大浴場？」

変なことを考えていたせいで、おかしな声が出てしまう。

千佳はホテルの館内マップを見ていて、それで大浴場を見つけたらしい。

……大浴場かぁ。いいなぁ。行きたいなぁ。

まだ見ていないが、部屋はユニットバスだろう。きっと浴槽も小さく、落ち着かない。

でも、大浴場なら。足を伸ばして思う存分、お風呂を楽しめる……。疲れを癒せる……。

でもなぁ。

ちらっと千佳を見る。

彼女は館内マップを読みふけっていた。ちょっと牽制してみる。

「ま、まぁ。大浴場は行きたいけど、別にいっしょに行く必要はないよね」

「？　別々に行く必要もないでしょう。わざわざタイミングをズラさなくても」

「………」

さらりと返され、何も言えなくなってしまう。

ここで必死に別々がいい！　と主張すると、なんだかこっちが余計な意識をしているようではないか。

なぜ！　こっちが！　意識しているみたいに！　なるんだ！

でも、いっしょにお風呂かぁ。……お風呂なぁ。

そんなことをモヤモヤ考えているうちに、時間は過ぎていく。

スマホで暇を潰していると、「えっ」という声が隣から聞こえた。

千佳が不可解そうに自分のスマホを見ている。思わず声が出てしまったらしい。

それ以上は何も言わなかったので放っておくと、彼女はしばらくしてから立ち上がった。

「……佐藤。わたし、晩ご飯済ませてくるから」

「あ、あぁ。うん」

彼女は宣言してから軽く支度をし、スタスタと部屋を出ていってしまった。

……少し、拍子抜けした。

てっきり、夕食は千佳と食べると思っていたからだ。

別にそういう打ち合わせをしたわけではないが、自然とそうなるものかと。

けれど、彼女はひとりで行ってしまった。

なんだか、力が抜けてしまう。

「ううん……、あたしは晩ご飯どうしよっかな……」

独り言を呟きながら、だらんと姿勢を崩した。

なんだか、考えるのも面倒になってきた……。

沈黙するスマホを、何とはなしに眺めてしまう。

「乙女姉さんから返事ないしなー……。忙しいのかなー……、寂しいなー……」

今度、珍しく休みが取れた乙女と、遊びに行く約束をしている。

その件でメッセージを飛ばしたのだが、返事が来ない。

彼女の多忙さを考えれば仕方がないが、やっぱり寂しかった。

「ん？」

どうしたものかと悩んでいると、スマホが着信を告げた。

珍しい名前が画面に表示され、驚きながら通話に出る。

「もしもし。どうしたの、めくるちゃん」

『……めくるちゃん言うな』

暗い声が返ってくる。

電話の相手は柚日咲めくるだった。

連絡先は交換しているものの、彼女から電話がかかってくるのは初めてだ。

何かあったのだろうか、と言葉を待っていると、意外な話を持ち掛けられた。

『……あんたと話がしたいんだけど。今から出られる？　夕ご飯、食べましょ。ふたりで』

「え」

めくるからのご飯のお誘い。

それはもう大歓迎……、と言いたいところだが、喜んで飛びつく気にはなれない。

明らかにテンションが低いし、裏があるんじゃないかと勘繰ってしまう。

もしくは、何か怒られるんじゃないか？

それに、気になることはほかにもある。

「ええと、ふたりで？　花火(はなび)さんはいいの？」

当然のように、彼女たちはいっしょにご飯を食べると思っていた。

三人で食べるなら気にならないが、ふたりはどうも引っかかる。

『あぁ。花火(はなび)はほかの人と食べるみたいだから』

めくるはそっけなく言う。それもまた意外な話だ。

もしかして、喧嘩(けんか)でもしたのだろうか。

まぁ考えたところでわかることでもないし、きっとめくるは教えてくれないだろう。

素直にその誘いに乗ることにした。

そして、数分後。

「めぐるちゃーん」

ホテルのロビーに立っていためぐるに、声を掛ける。

彼女は無愛想な表情のまま、「ん」と手を挙げた。

そのまま前振りもなく、さっさと外に向かって歩き始める。慌てて、隣に並んだ。

「いやぁ、めぐるちゃんに晩ご飯を誘ってもらえるなんて。嬉しいなー」

「別に歌種とご飯を食べたかったわけじゃないから。したい話があって、ついでだからご飯を食べるだけ」

前を向いたまま、めぐるは冷たく言い放つ。

どうやら、楽しい会食ではないらしい。したい話とやらも、いい話とは思えなかった。

しかし。

「それでも、あたしは嬉しいけどね」

「………」

何であれ、めぐるといっしょにご飯を食べられるのは嬉しい。

正直な言葉を笑顔で言うと、めぐるはぎこちなく目を伏せた。

「なんであんたはそう……、やすやすの顔でそういうこと言うな……」

めぐるはぶつぶつと文句を呟いていたが、ごまかすようにため息を吐く。

目を逸らしたまま言った。

「食べたいものってある？　しゃぶしゃぶのいい店が近くにあるから、そこどうかなって思ってるんだけど」

「お。いいね。そうしよう。しゃぶしゃぶ好きだよ」

メニューは一瞬で決まった。

めぐるがスマホを見ながら先導し、ふたりで夜の街を歩いていく。

その小さな背中を追いながら、話しかけた。

「ねー、めぐるちゃんって、今度の乙女姉さんのライブ行く？」

「行く」

即答だった。こちらの顔を見もしない。

そのあと、「……仕事が、入らなければ」と苦しそうに言うのが、気持ちの強さを感じた。

「ねね、それならいっしょに行こうよ。あたしも行くんだ。それとも、もうだれかと約束しちゃってる？」

「無理」

ぴしゃりと断られる。

あまりにはっきりとした拒絶に、そこまで言わんでも……、と内心で思う。

それは本人も思ったのか、めぐるは慌てて付け足した。

「あんたが嫌って話じゃなくて。さくちゃんのライブには、声優として行くわけじゃないから。

柚日咲めくるはその日、そこにはいない」

「藤井さんとして行くってこと？　でも、関係者席だし、姉さんにも挨拶するでしょ？」

「ううん、わたしは自分でチケット取ったから」

さらりと答えられて、呆気にとられた。そこまでするの？

人気声優のライブチケットなんて、なかなか取れないだろうに。

彼女は声優としてではなく、ただのファンとして行きたいらしい。

「……言っとくけど、桜並木さんにわたしが行くって言わないでよ。言ったら許さないから」

凄まれてしまう。そのこだわりには舌を巻くばかりだ。

乙女に言えば、ふたつ返事でチケットをくれただろうし、当日は並ぶ必要もない。本人とも話せる。

関係者席に座っていると、お客さんの視線が気になることもあるが、せいぜいその程度だ。

だというのに、わざわざチケットを取るだなんて。

「……めくるちゃん、それでチケット取れなかったら諦めるの？」

「そりゃそうでしょ。わたしが転売に手を出すようなファンに見える？」

そういう意味で言ったわけじゃないのだが。

つくづく、素は業界人らしからぬ人だ。

「めくるちゃん……、っていうか、藤井さんか。本当に乙女姉さんが好きなんだねえ」

「当たり前でしょ。じゃなきゃ、長いことファンなんてやってないわ。大好きよ」

肩の力を抜き、ふふん、と笑うめくる。

「じゃあ、やすやすのことは好き？」

「大好き」

さらっと投げかけると、これまたさらっと返ってくる。

にやにやと彼女を見ていると、引っ掛けられたことに気付いたらしい。

はっとしてこちらを見て、見る見るうちに顔を赤くさせた。

「ありがとー、あたしも大好きだよ、めくるちゃん」

「っ！　う、うるさい！　そ、そういうの、やめろ！　本当に……！」

悔しそうに歯を喰いしばったあと、速足でスタスタと行ってしまう。

笑いながら、その後を追った。

目的のお店は歩いて数分のところにあり、完全個室で雰囲気もいい。

和室に通されてふすまを閉めると、周りの声もあまり聞こえなかった。

少し薄暗く、のんびりと過ごすにはもってこいだ。

四人掛けのテーブルで、めくるは奥に座った。

「ちょっと」

由美子がめくるの隣に座ると、険のある声が飛んできた。

犬か何かにするように、めくるは怒って前を指差す。

「普通は向かい合わせでしょうが！　隣同士で座る意味がわからない！」

「いやー、前に焼肉行ったときは、姉さんの隣に座ってたでしょ？　隣の方がめくるちゃんは嬉しいのかなあって。ファンサファンサ」

「…………っ」

ぐいぐい、と身体を寄せると、めくるは顔を赤くして離れようとする。

しかし、すぐに壁へと追い詰められた。逃げ場のないめくるに、どんどん寄っていく。

彼女はあわあわと慌てふためき、辛そうな声を上げた。

「あ、あぁもう……っ、そういうのいいから……っ！　あ、あんた今、声優の姿だってわかってる……!?　むりむりむりむりむり、近いぃぃ……！　もぉぉ……！」

ちょっとしたおふざけのつもりだったが、思ったよりもめくるの反応がかわいい。

澄ました顔は消え失せ、今は目をぎゅうっと瞑って真っ赤になっている。

こちらに手を突き出しながらも触れることはできないらしい。

そのせいでどんどん丸く、小さくなっていく。

「なに？　なにが無理なの？　ちゃんとこっち見て言ってよ」

「あ――……………！　さ、囁くの、やめ、やめろォ……、あ、あんた本当に……っ！」

ぐいぐいと迫っていると、彼女はこれ以上ないほど小さくなった。

身体を折り畳んで丸まっている。

それでも覆いかぶさるように顔を近付けていると、やがて、カッと目を開けた。

「いい加減にしろッ！」

「いった！」

ガツン、と思い切り頭をぶつけてきた。目の前が白くなるほど、容赦のない頭突きだ。

思わず、額を押さえて後ろに体勢を崩す。

「な、なにすんの、めくるちゃん……っ、いったい……！」

「わたしだって痛いっつーの……！　ほら、いいからあっち行けっ」

しっしっと手で払われてしまう。

どうやら、からかいが過ぎたようだ。

これ以上痛い目を見たくないし、すごすごと向かいの席に移る。

まだめくるはおでこと顔を赤くしていたが、これ以上付き合うつもりはないらしい。メニューを取って、こちらに寄越してきた。

「はい。さっさと決めるっ」

「うっす……」

そうして、ふたりの食事会はヒリヒリとした痛みから始まった。

注文してしばらく待つと、店員さんが鍋と飲み物を持ってきてくれる。

めくるは今日は飲まないようで、ウーロン茶を頼んでいた。

「めくるちゃん、おつかれーい」

「……お疲れ」

グラスを差し出すと、おずおずと手を伸ばしてくる。カツン、と小気味よい音が鳴った。

しばらくは他愛もない話で鍋を楽しんでいたが、残り半分くらいになった頃だろうか。

突然、めくるがこんなことを言い出した。

「歌種。あんたって、あの番組を続けたいって思ってる？」

「………？」

質問の意図がわからず、お肉をしばらく嚙み続ける。

ごくん、と飲み込んでから、自分の考えを述べた。

「いや、そりゃ続けたいでしょ。終わってほしーなんて思いながら、ラジオやる人なんていないと思うけど」

「それは人による」

彼女はお玉を手に取った。

具材を小皿に取り分けながら、淡々と言う。

「早く終わんないかな、このラジオ。そんなふうに思ってやってる人もいるよ。あんまり人気なかったり、本人が楽しくなかったりすれば」

……そういう意味では、『夕陽とやすみのコーコーセーラジオ！』は本人たちが終わってもいい、と思っていてもおかしくはない。

人気はそれほどあるわけじゃないし、パーソナリティも仲が悪い。

本心は別にあるけれど、由美子は尤もらしいことを口にした。

「あたしは続いてほしいよ。仕事ぜんぜんないんだしさ、終わると困る」

「じゃあ、今のままじゃダメ」

ぴしゃりと言う。

まっすぐにこちらを見据える目は、真面目なものだ。

その瞬間、「あぁ話ってこのことなのか」と理解した。

「これから言うことは、珍しくわたしの心からの善意。純粋な先輩としての意見。だから他意なく言うけれど。このままじゃ、あんたらのラジオはそのうち終わるよ」

「…………………」

いろいろと前置きをしたうえで、容赦なく言われてしまう。

その言葉は、想像以上にドスンときた。妙な痛みに襲われながら、話を聞く。

「あんたらのラジオ、面白いとは思うよ。声優が本気で口喧嘩してるラジオなんて、そうはない。歌種たちが番組用にある程度ブレーキを踏んでるのはわかるし、そのうえで本音をぶつけ合ってるから面白い。でも、今のままじゃダメ」

ことん、と小皿をテーブルに置く。

こんな場じゃなければ、「あたしたちのラジオ、聴いてくれてるんだ？」と茶化せたかもしれない。言うまでもなく、彼女は聴き込んだうえで話をしている。

めくるがウーロン茶に手を伸ばしたので、由美子の方から尋ねた。

「……飽きられちゃう、とかそういう話？」

「そうじゃない。それはもっとあとの問題。今の問題は、その口喧嘩がきちんと成り立ってないからダメなの」

「……？」

口喧嘩が成り立っていない。

意味がわからず首を傾げていると、めくるは話を進めた。

「ファンが〝想像する生き物〟ってのは、歌種もわかるでしょ。声優の仲、不仲は特に想像されやすい。そういう意味でも、仲の悪さを包み隠さないあんたらのラジオは、独自性がある。だけど、本当に仲が悪いふたりが煽り合っているだけなら、それは楽しいものじゃなくなる」

そこでめくるは、グラスに口を付ける。こくこく、と細い喉が鳴った。

楽しいものじゃない。

それはそうだ。人の口喧嘩を聴いていて、楽しいことなどない。

だからこそ、あのラジオに人気が出てきたことが不思議に思えた。

　めくるは人差し指を立てて、振りながら続ける。

「たとえば花火がわたしに、『うるさいなチビ！』って言ったとする。それにわたしが、『なんだとこの野郎ッ！』って立ち上がったら、歌種は『あ、このふたりは仲悪い』って思う？」

「思わない」

「なんで？」

「そのやりとりが、冗談だとわかるから。めくるちゃんが怒るのも、あくまで演出」

「正解」

　グラスを置いてから、めくるは淡々と続ける。

「パーソナリティもリスナーも、全員冗談だとわかっているから、これは成立する。怒らない、嫌な気持ちにならないボーダーラインがあって、そこは踏まないと全員わかっているから、〝安心〟して聴ける。その〝安心〟が必要なの」

　めくるはそこで、こちらをぴっと指差す。

「歌種たちのラジオには、その〝安心〟が足りない。だから、最初は激しい口喧嘩を楽しんでいたリスナーたちが不安に思い始めた。『これは本当に、ただ仲が悪いだけでは？』って。ストレスを感じ始めた。それがいけない」

「……なら、あたしらはもっと遠慮して話せってこと？　怒るにしたって、あんまり怒らないようにする、っていうか」

「それだと、あんたらのラジオの意味がない。本音の口喧嘩がなくなれば、魅力もなくなる。上っ面のやりとりをすれば、リスナーには瞬時に見抜かれるよ」

「じゃ、じゃあどうすればいいの。八方塞がりに聞こえるけど」

まさか、そんなオチじゃないだろうな、とすがるような目を向ける。

ただただ、「あんたらのラジオはもうダメだよ」と言いに来たのだとしたら、あまりに意地が悪い。なんでそんなひどいことをするんだ、と怒りたくなる。

……心当たりはたくさんあるけれど。

しかし、さすがにそうじゃないようだ。

めくるはこちらの目をまっすぐに見据えて、少しだけ前のめりになった。

「リスナーを〝安心〟させるの。あんたらは、お互いをちゃんと尊敬してるでしょ。本気で嫌い合ってるわけじゃない。そのことがリスナーに伝われば、きっと〝安心〟する。できる。心の底の本音を、ちらっとリスナーに見せればいい。そうすれば、『まぁでも、ふたりはちゃんとお互いをリスペクトしてるもんな』って、〝安心〟して聴ける口喧嘩が成立するから」

「――――」

びっくりした。

めくるに突然ぶっ込まれて、箸からネギがこぼれ落ちる。

お互いをちゃんと尊敬してるだとか、何だとか。

啞然と口を開けたまま、彼女を見つめてしまった。

そこで初めて、めくるはいたずらっぽい表情を浮かべる。

「え、なに。あんたら、もしかして周りにバレてないと思ってる？　あんだけ意識し合っておいて？　下手くそな対抗心と隠せない尊敬の眼差し、それが合わさった青くさいオーラ全開のあんたたちが？　バレてないって？　笑えるー。これだけでご飯食べられそう」

「なっ、え、そ、そん、は、はぁ⁉　そ、そんなんじゃないし……、い、意味わかんないんですけど？　そ、そんけいとか、へ、へぇ？　って感じ……」

「かわいいところあんのね、あんたにも」

めくるはにやにやと意地悪く笑う。

かわいいなんて彼女から初めて言われたが、ぜんぜん嬉しくなかった。

え、そうなの？　傍から見ているとそうなの？　そ、尊敬とかバレてるの？　ど、どこから？　だれまで？　い、いや、そんけいとかしらんし、わからんけど……。

顔を真っ赤にして俯いていたが、そこではっと顔を上げる。矛盾点を見つけた。

「で、でもめくるちゃん！　前に乙女姉さんに言われて、不思議そうにしてたじゃん！　ライバルとか言われても、よくわかんない、みたいな！」

ファントムの収録で、行き詰まったときだ。打ち上げの席で、めくるはアドバイスをくれた。

「千佳に助言をもらえばいい」、と。

それを乙女が、「ライバルに助言をください、とは言い辛いから」と言って止めてくれたが、めくるは腑に落ちない顔をしていた。

その答えを、平然と言う。

「や、だから不思議だったんだって。あんなに意識してるのに、なんで訊かないんだろって」

……そのときには、見抜かれていたようだ。

いやそもそも、見抜いていたからこそ、彼女はあんな提案をしたのかもしれない。

ぐぬぬ……、と羞恥に悶えていると、めくるは追い打ちのように告げる。

「関係者にはバレバレな感情を、リスナーにもバレバレにすればいいってだけなんだけど。そんなに難しい話じゃない。ファンは想像する生き物だって言ったでしょ。きちんと見せれば、ある程度は補完してくれるよ。夕暮に抱いている正直な気持ちを、ただ伝えればいいだけ」

再びおかわりをよそいながら、なんてことないように言う。

バカを言うな。そんな恥ずかしいこと、できるはずがない。

本人にも、周りにも、そうそう言える感情ではないのだ、これは。

由美子が動けなくなっていると、めくるは鼻を鳴らした。

「恥ずかしいって？　自分の気持ちを相手に伝えたり、ほかの人に見せるのが」

「そ、そりゃそうでしょ……。そんな、恥ずかしいこと……」

「生配信や駅前、たくさんの人前であんだけわんわん泣いておいて、今更恥ずかしいも何もないでしょ」

「…………っ」

的確に人の恥ずかしい部分を刺激してくる。

普段の仕返しなのか、彼女はご満悦で「おいしー」としゃぶしゃぶを堪能していた。

全くもって不公平な気がしてくる。

こっちも少し反撃したくなり、声を上げた。

「そ、そうは言うけど、めくるちゃんだって花火さんに気持ちを伝えたりしないでしょ」

「してるわ。ナメんな」

即答で反論される。

それに面喰らっていると、彼女は箸でにんじんを持ち上げた。

「相手への感謝の気持ちも、尊敬の気持ちも、たとえマイナスの感情であっても、全部伝えてすれ違わないようにしてんの。気持ちを伝えずにすれ違うのが一番バカらしいから。言葉にしなきゃ伝わらないことの方が、世の中多いと思うよ」

そう言って、にんじんを口の中に放り込んでしまう。

ふたりの関係が強固すぎる。何を言っても分が悪い。どんどん追い込まれるのを感じる。

逃げるように、ぶつくさと言った。

「て、ていうか、誤解だし……。ま、まぁ尊敬とかは、ほんの少し、ほんのすこーしだけあるかもしんないけど、わたな……、ユウのことが嫌いっていうのは、本当だし……、そっちの気持ちのが強いし……」

「あーあー、わかったわかった。嫌いでいいから。あんたは夕暮のことが嫌い。大嫌い。でも、声優としてはちょっとだけ尊敬してる。それでいいから」

面倒くさそうにめくるは肩を竦める。

そうしてから、ゆっくりとこちらを見た。

「でも言っとくよ。夕暮もそうだけどさ。あんたら、今の時間がずっと続くと思ってない？」

再びグラスに手を伸ばしながら、めくるは続ける。

「環境ってのは、変わるもんだよ。もうちょっとで三年生でしょ。三年では違うクラスになるかもしれない。そのうえ、もしラジオが終わったらどうなる？　あんたらのことだから、仕事以外で会おうとはしないでしょ。そのまま卒業しちゃったら？　環境が変われば、関係なんてすぐに切れるものだよ。あんたらがそれでいいのなら、いいけどね。べつに」

投げやりにめくるは言う。

しかし、その何気ない言葉は衝撃だった。何も言えずに固まってしまう。

想像をしたこともなかった。

冷静に言葉にされると、本当にそのとおりなのに。

めくると花火のような本物の仲良しコンビと違い、自分たちは接点がなくなればそのまま離れていくだろう。学校で声を掛けることもなければ、わざわざ連絡することもない。

現場がいっしょになったとしても、ふたりで話している姿は想像できない。

そして、卒業すればきっとそのままだ。

離れ離れになり、近付こうともしない。

……たとえ、近付きたくなったとしても、できない。いろんな壁を作っているせいで。

もう会うこともなくなって、アニメの情報を見て、「あぁ、このキャラ渡辺がやるんだ」と思っても、ただそれだけで何もない日々。

……それは、嫌だな、と思ってしまった。


割り勘にしようとしたら、めくるは驚くほど抵抗してきた。

「本当にいい、絶対にいい、今回は全部わたしが払う、遠慮とかそういうのじゃない、いいから黙ってろ、怒るぞ先輩だぞ」とまで言われて、すごすごと引き下がった。

あそこまで必死なめくるは、お渡し会から逃げ出そうとしたとき以来かもしれない。

そのおかしな態度に引っかかりつつも、ホテルの部屋に戻ってきた。

「ん……、か、帰ってたんだ」

部屋の電気が点いていた。奥の椅子に千佳が座っている。

さっきめくると話したこともあって、意識して声が上擦ってしまった。

「え、えぇ。ちょっと前に」

千佳の返事も、なぜかぎこちなかった。

彼女が気まずそうにしている理由はわからない。

千佳は椅子に腰掛けたまま、落ち着きなく視線を動かしていた。

由美子は迷ったが、彼女の向かいの椅子に腰を下ろす。

千佳が文句を言ってくることもない。

千佳のことがどうにも気になり、横目でちらちら見てしまう。

めくるは言っていた。自分の気持ちを、正直に口にすべきだ、と。

それを、リスナーにもわかるようにすべきだ、と。

そうじゃなきゃ、リスナーは〝安心〟できない。番組からも離れていく。

気持ちを伝えるのは簡単だ。言葉にすればいい。

あんたはあたしの目標だ。本当に尊敬している。演技も、仕事への姿勢も、すごいと思ってる。いずれ追いついてみせるから、ずっとあたしの目標でいてほしい。

そうやって、本音を晒してしまえばいいのだろうか。

「わ、わたなべ」

思わず、声が震える。

千佳は千佳で、ぴゃっと身体を跳ねさせた。

なぜか、彼女まで緊張している。

まるで、伝えられる言葉を知っているかのように。

「あの、さ。ええと。……ええと。……ば、ばんごはんってなにたべたの？」

……日和った。踏み込めずに、つい話題を迂回してしまった。

だ、だけどまぁ、今すぐ言わなきゃいけないってことでもないし……。

内心でそう言い訳していると、千佳もほっとした顔になる。

少し考え込んでから、歯切れ悪く答えた。

「ええと……。実は、夜祭さんとふたりでご飯に行ってて」

「え……っ、あんたが花火さんと？　な、なんで？」

予想外の言葉に困惑する。全く揃わない、バラバラのピースをぶつけられたかのようだ。

何がどうなったら、その不思議な図形は完成するんだ？

それは千佳も同じ気持ちなのか、こめかみに指を当てている。

「コーコーセーラジオについて、どうしても話したいことがあるって連絡が来たの。どうにか出てきてくれ、って言われたから、仕方なく」

「え、なにそれ。あたしも……、話があるってめくるちゃんに呼ばれたんだけど。で、コーコーセーラジオについて話をしてきた……」

「え、あなたも？」

お互いに首を傾げる。

めくると花火がそれぞれ、別の場所で同じことをやっている。これはどういうことだ？

……確かに、めくるの行動は妙だと思った。

彼女はわざわざ、親切にアドバイスをくれるような性格ではない。

忘れがちになるが、めくるはあのラジオを許してはいないのだ。

「さ、佐藤は……、柚日咲さんに何を言われたの？」

千佳におずおずと尋ねられ、言葉に詰まる。後回しにした課題が戻ってきた。

そのまま話せば、どうなるだろうか。

流れで、自分の気持ちを吐露することになるのだろうか。

それをすべて受け止めたとき、彼女はどんな言葉を返してくれるのだろう。

「ひゃっ」

「きゃっ」

突然、ぴんぽーんという間抜けな音が聞こえて、ふたりしてびっくりする。

部屋のドアをおそるおそる開くと、そこには朝加が立っていた。

彼女は少し申し訳なさそうな顔で笑っている。腕時計をとんとんと叩いた。

「ごめん、ふたりとも。部屋で撮影するって言ってたけど、もう少し掛かりそう。またあとで声を掛けるね」

「う、うん。それは別にいいんだけど……、そのためにわざわざ来てくれたの？」

「あぁ。これをふたりにあげようと思って。待たせるお詫びみたいな」

差し出されたのは、何かのチケットのようだった。それが二枚。

朝加は笑顔で上を指差した。

「ホテルの最上階にラウンジがあるんだって。このクーポンでスイーツが食べられるみたいだから、ふたりで行ってきたら？」

朝加に言われるがままに、由美子と千佳はホテルの最上階にやってきた。

ラウンジは薄暗い。壁一面がガラス張りになっており、そこから夜景が見えた。

モダンな椅子やテーブルが並んでおり、間接照明が店内をほのかに照らしている。ジャズが静かに響き、大人っぽい雰囲気だ。ウェイターもかしこまった格好をしている。

……高校生が来るような場所ではない。尻込みしてしまう。

けれど、千佳に怯んだ姿を見られたくなかった。

さも当然のように入っていき、ウェイターにクーポンを見せると、「お好きな席にどうぞ」と笑顔で言われる。

客はほとんど入っておらず、どこも空いていた。けれど何となく、窓際のカウンター席に並んで座る。スイーツは数種類あったが、ふたりともパンケーキを選んだ。

夜景は綺麗だ。たくさんの光が夜に溢れていて、幻想的な景色を作っている。

「……綺麗ね」

「うん、まぁ。そうね……」

千佳の言葉に、ぎこちなく答える。

夜景は綺麗だけれど、あまり楽しむ余裕はなかった。

さっきからずっと、めくるの言葉がぐるぐると頭を巡っている。

気持ちを、伝えないと。番組を続けるために。

チャンスを窺っていると、別のお客さんが入ってきた。近くのテーブル席に座り、そこにウエイターが注文を取りに来る。静かになるのを待ってから、今だ、と思った。

もし、お客さんがいっぱい来たら、きっと言えなくなる。

想いは、口にしないと伝わらない。

「わ、渡辺っ」

「な、なに……？」

突然、名前を呼んだからか、千佳はちょっと焦った声を出す。

照明が暗いためか、彼女の顔が赤くなっているように見えた。

店内が静かなせいで、自分の心臓の音がうるさい。ドクドクと鼓動して、手に汗を握ってしまう。ぎゅうっと力を込め、由美子は意を決して口を開き——。

「…………………」

「……なに」

「えっと……、あの——……、いや、うん……、ごめん、なんでもない……、です……」

「あなたね……」

やっぱり、無理だ……。恥ずかしすぎる……。

自分の気持ちを素直に伝えるなんて、考えるだけで変になりそうだ。

「ねぇ、佐藤」

——でも、もし、千佳の方から言ってきたら。彼女が先に気持ちを話すとしたら。

そのときは——、自分も素直に言えるだろうか。

「さっきの——、夜祭さんの話だけれど。言われたことが、あって」

千佳はこちらを見ない。前を向いたまま、視線を完全に固定している。

その綺麗な横顔が、赤く染まっていく様がはっきり見えた。耳まで赤くしている。

何を、言うつもりなんだろう。

彼女がもし、めくるが言ったようなことを、花火に言われていたとしたら。

自分の気持ちを伝えようとしているのなら。

「は、はい……」

思わず、背筋を伸ばしてしまう。

千佳はそのまま口を開き――。

「――お待たせいたしました。パンケーキセットでございます」

品のある声に乱入されて、ふたり揃ってビクッとする。

ウェイターが笑みをたたえながら、テーブルに皿を置いていった。

「ありがとうございます……」

「どうも……」

「ごゆっくりどうぞ」

にっこりと微笑み、そのまま立ち去っていく。

お互いに微妙な表情で、パンケーキを見つめた。

「食べようか……」

「そうね……」

結局、それ以上は何も言えないまま、もそもそとパンケーキを食べ進めた。

せっかく高級そうなパンケーキだったのに、味はぜんぜんわからなかった。

そのあとの撮影は、滞りなく進んだ。

といっても、部屋で少しパジャマトークをして、翌日はスタジオでエンディングを撮影して解散だ。

特に問題は起こらず、無事にすべての撮影が終了した。

けれど、このロケが上手くいったかどうかは、正直わからない。

めくるたちにかなり助けられたし、手応えもあまりなかった。

そして、それから日が経ち。

映像のチェックをしてくれ、とマネージャーの加賀崎から連絡を受けた。

映像のチェック。

演者本人が映像を確認して、まずいところがあれば報告する。販売しても問題ないよう、演者自身があらかじめ観ておくのだ。

いつもどおりの作業で、特に気負うこともない。

けれど、加賀崎から何やら意味深なことを言われた。

『由美子、今回の映像はじっくりと確認した方がいいぞ。大事なことだからな。ちなみに夕暮はもうＯＫを出したそうだ』

「………？」

電話口で楽しそうに言っていたが、意味はわからない。

妙だと思いつつも、仕事くらいでしか使わないノートパソコンを立ち上げた。

映像を再生すると、ディスプレイに自分たちの姿が映った。

スタジオでのオープニング、上野動物園、スカイツリー……。

アングルの違いはあれど、記憶にある映像とだいたい一致する。

しかし突然、おかしな映像が流れた。

「ん……？　なにこれ。え、こんなシーン台本にあったっけ……？」

そのシーンは、めくると花火のツーショットから始まった。

ここはホテルだろうか。会議室のような場所に、私服姿のふたりが座っている。

彼女たちは、スタッフの話をふんふんと聞いていた。

『なるほど、ふたりの本音を引き出してほしい、と。まーそうですね。お互いを意識してるのはバレバレなのに、妙に隠しますよね。あのふたりって』

『そうなんだ？　まぁ確かに、意地を張ってるだけには見えるかな。口喧嘩はしてるけど、実際の気持ちはどうなんだろ？　……それを聞き出せばいいわけですね？　あたしは夕暮ちゃんから、めくるは歌種ちゃんから。いいですよ、任せてください！』

ふたりがそれぞれ、部屋から出ていく。

カメラは花火を追いかけていった。

花火はしばらくスマホを操作していたが、にっとカメラに笑いかける。

『夕暮ちゃん、ご飯付き合ってくれるみたいです。行ってきますねー！』

そこで一度、映像が途切れる。

場面が切り替わった。

花火と千佳がテーブルに向かい合わせで座っている。個室だ。画面は固定されている。

ふたりの前には、中華料理がずらりと並んでいた。

『付き合ってくれてありがとね、夕暮ちゃん。さ、いっぱい食べて食べて！　遠慮しなくていいから』

『はぁ……。ありがたく頂きますが……、あの、話したいことって、なんですか』

『ん、あぁごめんね。どうしても、コーコーセーラジオについて言いたいことがあってさ。あたしも一応、事務所の先輩だし。――夕暮ちゃんって、あの番組を続けたいと思ってる？』

まるで、由美子とめくるの会話の再現だ。

そこから花火が話した内容も、めくるが話したものとほとんど同じだった。

役者が違うだけ。

今のままじゃ、番組は終わってしまう。続けるためには〝安心〟が必要になる。では、その〝安心〟はどうやったら得られるのか……。

聞き覚えのある話が続いていた。

「え、なにこれ。え、え、え……？」

困惑する。こんなこと、何も聞かされていない。知らない。何が起こっている？

画面の中の花火は、人好きのする笑顔で話を進めている。

緊張をすべて取っ払うような笑みだが、観ている由美子はガチガチに力が入っていた。

『ふたりって喧嘩ばっかしてるけどさ、本当に嫌い合ってるわけじゃないと思うんだよね。あたしには、喧嘩するほど仲がいいって感じに見える。ロケでも息合ってるし』

『……そんなことないですが。わたしはやすが嫌いですし、向こうもそうだと思いますよ』

『んん、じゃあひとまず嫌いってことにしよう。でも、声優として、相方としてなら、どう？ 何も思わない？ あたしは歌種ちゃん、上手いと思うけどな。場の回し方とか、言葉の選び方とかさ。あ、でも演技はあんまり知らないかも』

『…………』

エビチリを口に含んだ千佳が、動きを止める。

それを見ているのか、見ていないのか、花火は調子良く話した。

『たとえばさ、あたしはめくるのいいところなら二千個くらい言えるんだよね。かわいい声してるし、顔もかわいいし、トーク力は抜群だし、頭の回転すごいし、頼りになるし……、あたしはめくるのこと、尊敬してるよ。それが普通だと思うけどな。夕暮ちゃんも、歌種ちゃんに思うところはない？　一個も？』

『…………』

花火はなめらかに話し、そこからも様々なアプローチをかけていった。

普段の千佳なら、反発し続けただろう。

けれど、花火の無防備な笑みがそうさせたのか、おいしい食事に気が緩んだのか。先輩に対する遠慮か、話の巧さか、煽りが効いたのか。番組が終わると言われた危機感のせいか。

あるいは、そのすべてか。

千佳はしばらく黙り込んだあと、おずおずと口を開いた。

『あの。これからする話は、人に言わないでくれますか』

『あーもう、言わない言わない。あたしは絶対言わない！　約束する』

ニコニコと笑って、ひどいことを言う花火。

確かに、嘘は言ってないけれど。

千佳はそれでもすぐには話し始めなかったが、観念したようにぽつぽつと語った。

『……やすが、いてくれてよかった、と思います』

視線はテーブルに固定され、独り言のように続けた。

『わたしは、一度は声優をやめようとした身です。やすがいなきゃ、ここにわたしはいません。感謝しています。どこかでそれは……、返さなきゃって思うんですけど。本当にいろいろと借りばかり作ってしまって……。その借りのおかげで、わたしは声優を続けていきます。わたしの……、夕暮夕陽の手を引いてくれたのは、歌種やすみなんです』

でも、それだけじゃなくて、と続ける。

『やすは、声優として底が知れません。夜祭さんは知らないでしょうが、時折、とんでもない演技を見せつけてきます。……それが本当にすごくて。やすが隣にいると、あぁ負けたくないって、何度も何度も思うんです。絶対に負けたくない。追い抜かれたくない。そう思うからこそ、わたしはがむしゃらになれる。そういう意味でも……、感謝、しています。いてくれてよかった、って思います』

ふぅ、と一度息を吐く。

彼女は手を合わせて、そのまま静かに言った。

『わたしの隣には……、わたしの声優としての人生には、歌種やすみは必要なんです』

「………っ」

千佳の言葉を聞いて、由美子の手に力が入る。

千佳は渋っていたが、一旦口を開くと、たくさんの言葉を積み上げていった。

そのひとつひとつが由美子の胸に突き刺さる。

温かいものが広がる。じぃんと心に響いてしまう。

息を吐けば、それが妙に熱っぽく感じた。

話を聞き終えた花火が『その気持ちを伝えればいいんだよ。本人にも、それとリスナーにも』とやさしく言うが、千佳は顔を赤くして黙り込む。ぶんぶんと首を振った。

……本人になんて、言えるわけがない。
由美子自身、そう思う。逆の立場なら、絶対無理だ。
花火が言わないと約束したから、本人に知られないから、あれは口にできる言葉だ。
ホテルの部屋で、千佳の様子がおかしかった理由がわかった。
こんな会話をしたあとに本人に会えば、そりゃぎくしゃくもする。
お互い様だけれど。
「……こんな隠し撮りを仕掛けるなんて……、強引、だとは思うけど……」
背もたれに身体を預け、照れ隠しに何とも言えない声を上げてしまう。
めくるたちが言ったことは、番組からの代弁だ。
このロケのコンセプトも、『仲良しを学ぼう！』。
こうでもしなければ、きっと千佳はあんな想いを語ろうとしなかったはず。
番組が求める、本心を曝け出すことは絶対にしない。
だから、強引な手を使ってでもこうして本音を引き出した。
リスナーを〝安心〟させるために。
それが、番組に必要だったから。
「……まぁ。自分が被害に遭ってないから、そんなふうに思えるのかもしれないけど」
カメラが花火を追ったのは、きっとめくるでは撮影ができないから。

めくるはメディアと素とでは、キャラが大違いだ。メディア用のキャラで話してくれば、おかしいとすぐに気が付く。「ここは払う！」と言い張ったのも仕事だから。

そのおかげで、自分は無関係だとたかを括っていたが——。

「え、え、な、なんで……？」

場面が切り替わり、再び、パソコンにかじりつくことになる。

画面に映ったのが、ホテルのあのラウンジだったからだ。

あのとき、周りにカメラマンはいなかった。席だって適当に座ったのに。

しかし、そのアングルで思い出す。カメラは、由美子たちの後ろ姿を撮影していた。

途中で入ってきた一人客……、あいつか！

ラウンジに来たのは、朝加からクーポンをもらったから。

隠し撮りをするために、ここまで仕組まれていたのだ。

『ふたりに発破をかけたら、どうなるのか』。その結果を見せるために。

めくるが由美子を呼び出してあの話をしたのも、この場面を撮影するためか。

じっとりと嫌な汗をかく。握った拳が不快な感触を伝えてくる。

そして、映像は如実に観たくない箇所を映していた。

『…………』

『……なに』

『えっと……、あの──……、いや、うん……、ごめん、なんでもない……、です……』

『あなたね……』

思った以上にたどたどしい自分の声に、記憶の中よりもぎこちない千佳の声。

そこからずっと、もじもじもじもじ……、とするばかり。じれったい空気が続いた。

自分でさえ、「早く言えよ！」と言いたくなるほどに、むず痒い。

小学生か中学生のカップルのようだ。

それを自分たちがやっているのだから、羞恥で死にそうだ。やめてくれ、もう映さないでくれ、と息が荒くなるが、最後までしっかりと撮ってあった。

恥ずかしい箇所、ほとんど全部だ。

本名を呼んだところをぼかしたり、カットしたり、きちんと編集が加えられ、観やすくなっているのがまた辛い。

悶えていると、場面がまたも切り替わった。

今度はスタジオの中だ。エンディングを録った場所と同じ部屋だった。

けれど、そこにいるのはめくると花火のふたりだけ。

座って、ラウンジでの映像を観ていた。

映像を観終わった瞬間、ふたりはぱっと顔を上げる。

呆れたような笑みを浮かべ、カメラに向き直った。めくるから口を開く。

『はい、皆さんも観て頂いた今の映像、いかがでしたでしょうか。本音を引き出す……、ということで、隠し撮りまで手を出しちゃいましたが。いや、本当怒られるよ。大丈夫ですか？』

『まぁまぁ。あれくらいしないと、本音なんて言ってくれないだろうし。カメラの外では随分と甘酸っぱかったねー。思春期の中学生といい勝負だね。まぁでも、これでリスナーの皆さんも、ふたりの関係が理解できたんじゃない？』

『まあね。あれだね、好きな子にはイジワルしちゃう！　みたいな。コーコーセーラジオだけど、小学生男子を見るような目で見守ってあげてください。それとふたりとも、ごめんねー。こんなだまし討ちしちゃって。今度、スタッフさんたちにキレ散らかしておいで』

『ごめんなさい！　今度何かお詫びするよー！　でも、このDVDが出ているということは、本人たちからはOKが出たんでしょう！　これを機に、いろいろとふたりで話し合ってもいいんじゃないかな？　これからも番組、頑張ってねー』

そのあと、めくるたちの挨拶で締めくくられた。

映像が終わる。……これが、本当のエンディングだったようだ。

なんという……、ひどい映像だ……。

視聴者は面白いかもしれないが、隠し撮りされた本人としては複雑すぎる。

最後の最後までゲスト頼り、というところも含めて。

「…………」

はっきり言って、これを人に観られるのは耐えられない。

単純に嫌い合っているわけじゃない、とは伝わるだろうけど。

〝安心〟してラジオを聴いてもらうには、必要な映像かもしれないけど。

……でも、こんな恥ずかしい映像をたくさんの人に観られるだなんて。

「ぐむむ……っ」

しばらく羞恥に打ち震えたあと、由美子は加賀崎にチェックOKのメールを送った。

この映像で、一番恥ずかしい思いをしているのは千佳だ。

歌種やすみへの想いを、赤裸々に語っている。

それを、このDVDを買った人全員に観られる。

なぜそれを受け入れたか。番組のために、だ。

じゃあ、自分がどうしてNGを出せようか。

「でも、渡辺……。あんなふうに思ってたんだ……」

いてくれてよかった、だとか。

声優として、底が知れない、だとか。

随分前に、一度だけ口にしてくれたし、彼女の態度である程度は知っていたけれど。

恩義を感じていたり、由美子を必要だと思っていることまでは、知らなかった。

「言葉にしないと、伝わらない……」

めくるの言葉を思い出す。本当にそのとおりだ。

あんなに仲睦まじい彼女たちでさえ、自分の気持ちをちゃんと言葉にしているという。

ならば、千佳がしてくれたように、自分も言葉にするべきだろうか……。

……想像しただけで、顔が熱くなる。全身がむず痒くなる。

あんな恥ずかしいこと、とてもできそうにない。ないけれど……。

「…………。参考のために、もっかい聴いておこうかな。あ、あくまで参考……」


翌朝、いつもどおりに登校した。

けれど、昨日の映像で頭がいっぱいだった。千佳の声が何度も頭の中で繰り返される。

意識するな、と言い聞かせても、あとからあとから声が追いかけてくる。

まだまだ朝は空気が冷たいのに、火照った顔は冷えてくれない。

こんな調子で、千佳に会ったらどんな顔をすればいいんだ。

「あ」

「……あ」

そして、こんなときに限って、下駄箱の前でばったり会った。

下駄箱の陰から出たら、目の前で千佳が上靴を取り出していたのだ。

目がバッチリ合う。何も言えなくなり、さらに体温が上昇していく。

千住は千住で見る見るうちに顔を赤くさせた。

意識しているのは、こちらだけじゃないようだ。

「あ、あの――、渡辺」

緊張しながら名前を呼ぶと、彼女は勢いよく手を突き出してきた。

手のひらをこちらに向けたまま、真っ赤な顔で睨んでくる。

「台本、だから」

「は？」

「あなたが観たあの映像は！　わたしはすべて台本で話しただけ！　一から十まで全部台本！　あんなこと、微塵も思ってないから！　誤解だから！　ちっとも自分の気持ちじゃないし、言わされただけ！　あぁそう、酔っていたのもあるわ！」

ガーっと言葉をまき散らし、必死の形相で言い訳を重ねていく。

ぽかんとしたが、とにかく一点。

「……酔ってたって、あんた酒飲んでたの」

「場の空気にっていう意味！　そういう意味では酔ってたのよ！　本心じゃない！　ほ、本当はあんなのNG出したかったけど、な、成瀬さんが、どうしてもって……！」

もはや涙を浮かべながら、訴えてくる。

放っておけば、その場で地団駄まで踏みそうだ。

……とにかく、千佳は否定している。台本と言ったり、場に酔っていたと言ったり、発言が支離滅裂だが、何でもいいからあれは違う！　と否定している。

「あれは！　あの話は！　二度としないで！　いい⁉」

一方的にまくし立てると、彼女はのっしのっしと歩いていってしまった。

上靴を急いで履いたせいで、転びそうになりながら。

「…………………」

はぁー、と熱い息を吐く。

「あんな姿を見せられて、言えるもんか……」

思わず、顔を覆う。

こちらも負けず劣らず、真っ赤になっていた。

『柚日咲めくるのくるくるメリーゴーランド』収録日。

柚日咲めくるは、ブース内でひとり台本を確認していた。

すると、作家の朝加美玲がブースに入ってくる。

「おはようございます」

「おはよう、めくるちゃん。この前はありがとね。変なことに付き合わせてごめん。いろいろと協力してくれて、本当にありがとう」

気の抜けた笑顔で、早速そのことについて触れてくる。

以前のコーコーセーラジオでのロケの件だ。

この番組のために協力してくれ、と朝加から頭を下げられた。

本当ならあのふたりなんかに、テクニックなんて教えたくはない。

食事なんてもってのほかだ。

普段ならしない話もした。隠し撮りにも協力した。

朝加に頼まれたからだ。

何となく朝加から目を逸らしながら、淡々と答える。

「……わたしはあまり役に立てませんでしたが。食事でも、カメラ入れられませんでしたし」

「いやいや、そんなことないってば。カメラもしょうがないよ、こっちが無理をお願いしてるんだから。協力してくれて、本当にありがとね」

もう何度目かわからないお礼。

『本音を引き出したい』と言い始めたのは、朝加だそうだ。

めくると花火にどうにか協力してもらえないか、と拝んでまで隠し撮りを行った。

それだけ、あのラジオには必要なことだったからだ。

「あのふたりは、怒っていましたか」

気になっていたことを尋ねる。

理由はどうあれ、ふたりが隠し撮りされたのは事実だ。

由美子との食事の際、めくるは朝加たちの言葉を代弁したに過ぎない。

けれど、あれはめくる自身も感じていたことだ。

荒療治でも、あの隠し撮りは彼女たちに必要だと思った。

それを、あのふたりが理解していないのであれば。

「あぁこの前、収録があったから謝ったんだ。そしたら、ふたりとも怒ってはなかったけど、気まずそうにはしていたね。可愛かったな」

朝加は明るく笑っている。

……残念だ。何も理解せずに怒るような連中だったら、今度こそ見限れると思ったのに。

朝加は続いて、「怒られる覚悟はしてたんだけどね」と涼しい顔で言っている。

「随分と肩入れしますね、あのふたりに」

批判的な声色にならないよう、気を付けながら伝える。

朝加は特に隠そうともせず、微笑みを浮かべた。

「そう見える？」

「割と。あまり、朝加さんらしくない気がします」

めくるの知っている放送作家・朝加美玲は私情だけでは動かない。

けれど今回の件は、作家以外の顔が見え隠れしていた。

朝加は穏やかな表情で腕を組む。朗らかに言った。

「あの子たちがかわいいってのもあるけど、あの番組が今終わるのはもったいないから。もっと時間をかければ、いい番組に育っていくと思わない？」

「……さぁ。知らないですけど」

イエスともノーとも言わない。そう、知らない。気にしたところでしょうがない。

朝加は苦笑いしたあと、こちらに身を乗り出してきた。

「ところでめくるちゃん。ロケでのお礼に、ご飯行かない？　花火ちゃんと三人で。どこでもご馳走するからさ」

「いえ、お気になさらず。仕事としてやったことですから」

つれないなぁ、と朝加はなぜか嬉しそうに笑った。

NOW ON AIR!! 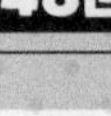

「……夕陽と」

「や、やすみのー」

「こ、コーコーセーラジオー」

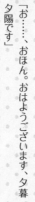

「お……、おほん。おはようございます、夕暮夕陽です」

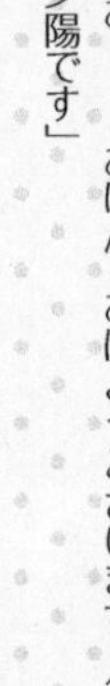

「おは、おはようございまーす、歌種やすみです」

「きょ、きょの番組は、偶然にも同じ高校、同じクラスのわたしたちゅ、ふたりが、皆さまに教室の空気をお届けするラジオ番ぎゅみ……、ぐみ……、です」

「は、はいー。……えー、ユウも合流したので、改めて挨拶でした。急にあたしひとりの新コーナーが始まって、びっくりした人も多いと思います……。安心してください、ちゃんとユウもいるんで。ちゃんとふたりでやります……、はい」

「…………」

「ユウ?」

「……これ、わたしはどんな顔で入ってくるのが正解なのよっ。急にあんなの聴かされて……、あぁもう……、がさつだわ。あなたのそういうところ、本当に嫌い……」

「い、言っとくけど、は、恥ずかしいのはあたしだから！　あ、あんたは聴いてただけじゃん！　ぜんぜん負担ないくせに文句言わないでくださいーー！」

「あん、あんなの聴かせておいて……、なにを……、そもそも、あなたは、えっと、ば、ばーか！　あぁもう、調子狂うわね……！　最近、この番組、悪質だと思います！」

「そ、そうだそうだー！　ＤＶＤでもあんな……、あ、あれまだ言っちゃいけないのか。ん、もういいの？　じゃあ言うけど！　……え、オープニング終わって？　巻き？」

「あぁ……、ハートタルトの告知もあるし、この放送日にはＤＶＤが発売してるから、ロケの話をした方がいいんでしょう。時空の歪みで、感想メールは来週以降になっちゃうけど」

「ロケの話……、まぁ……、そうね……。あんまりしたくないんだけど……、あ、主にスカイツリーや上野動物園の話をしよう。そうしよう」

「そうね。あとは、柚日咲さんや夜祭さんの話とか。あぁこれ、昼間の内容だけで話すこと盛りだくさんだわ。夜の話をする時間ないわね」

「ユウいいこと言った。多分、人生で一番いいこと言った。その感じでいこう。じゃあまぁ、さくっとオープニング終わるか」

「そうしましょう、えぇそうしましょう」

「今日もみんなで、楽しい休み時間を過ごしゅま……、しゅましょう！」

「放課後まで、席を立たないでくだしゃい……、しゃしゃね」

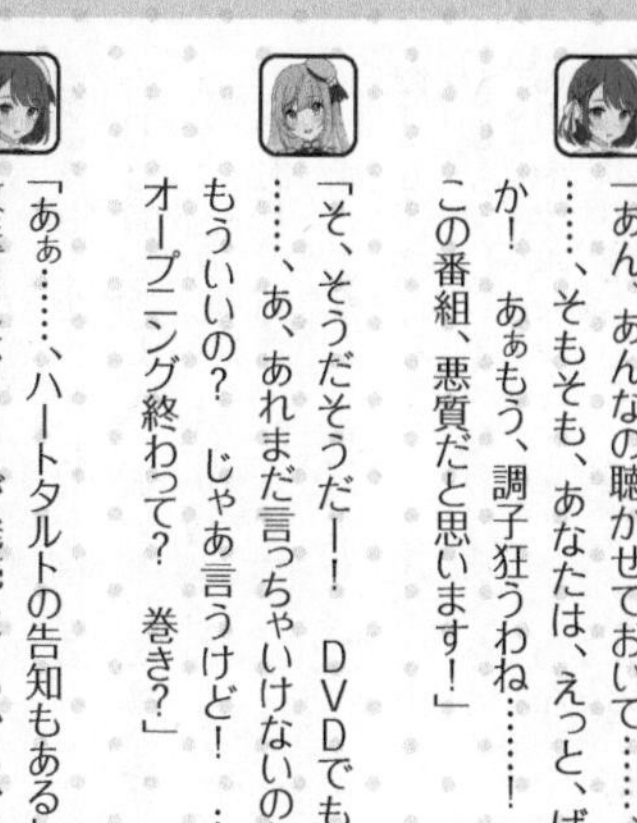
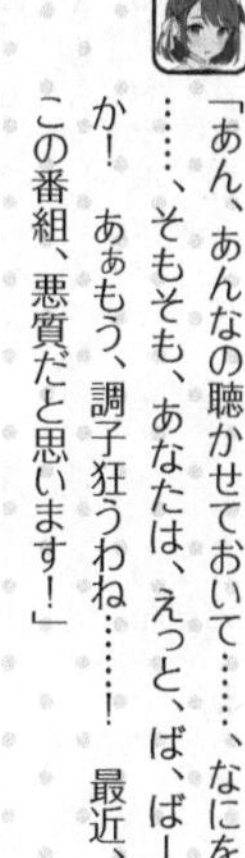

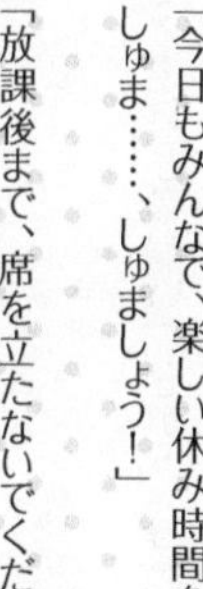

夕陽とやすみのコーコーセーラジオ！

to be continued……

「ちょっと早く着きすぎちゃったな」

駅の時計を見て、由美子はひとり呟く。

ある土曜日の午前十時。休日だけあって、駅前はたくさんの人が行き交っていた。

今日は仕事もなく、学校も休みだ。

偶然にも、先輩声優である桜並木乙女も一日オフだったので、いっしょに遊ぼう、という話になった。

今は待ち合わせ中だ。一応、辺りを見たが、彼女はまだ来ていない。

「姉さん、まだかなー……」

鼻歌まじりで街中に目を向ける。

今日は買い物して、おいしいご飯を食べて、お散歩して……、と楽しいことがいっぱいだ。

久々に乙女とのんびり過ごせるとあって、心が弾む。

「ん。あれ。姉さんから？」

スマホに乙女から着信があった。

遅れる連絡だろうか、と通話に出る。

「もしもーし。どったの、姉さん」

『や、やすみちゃん……？　ごめん……』

暗い声が聴こえて、瞬時に察する。何かあったらしい。

片耳を塞ぎ、小さな声を聞き落とさないよう注意した。

「どうしたの、姉さん。大丈夫？」

『うん……。それが、ちょっと、熱、出ちゃって。本当にごめんなんだけど、今日行けそうにない……。ごめんなさい……』

心から申し訳なさそうに乙女は言う。

とりあえず、事故や緊急のトラブルではないらしい。

そこにはほっとしつつ、彼女が気を遣わないように明るい声を出した。

「事故じゃないならよかったよ。ぜんぜん大丈夫。姉さん忙しいんだし、しょうがないって」

『うん……、ごめん。せっかくのお休みなのに……。本当に……』

体調が悪いのもあるだろうが、声が本当に暗かった。こちらまで辛くなりそうだ。

人の予定を飛ばしたのだから、気にするな、という方が無理かもしれない。

けれど、体調不良は仕方がないことだ。

何を言ってあげればいいだろう……、と考えていると、ぱっと思いついた。

「じゃあ姉さん。あたし、姉さんの家に行ってもいい？」

乙女のマンションは何度も行ったことがあるので、迷うことなく辿り着いた。

インターホンを鳴らすと、弱々しく扉が開く。

「ご、ごめんね、やすみちゃん……、いろいろ……」

玄関口に現れたのは、パジャマ姿の乙女(おとめ)だった。

普段は綺麗(きれい)にセットされた髪も、今はぼさぼさのほったらかしだ。

顔も疲れ切っている。

目は虚(うつ)ろで、顔色も悪かった。立っているのも辛(つら)そうだ。

かなり汗をかいていて、息も浅い。

「あぁ、大丈夫大丈夫。気にしないで。姉さん、顔色悪いね……。ごめん、ベッドに戻って」

「うん……」

弱々しい返事をして、よたよたとベッドに戻っていく。

しかし、「あぁ」と立ち止まると、ゆっくりとテーブルを指差した。

「ごめんね、お金、財布から持っていってもらえる……?」

「はいよ。レシート置いとくね」

由美子(ゆみこ)ががさりとスーパーの袋を揺らすと、乙女(おとめ)は小さく笑う。

最近、忙しくて自炊もろくにしていない、と乙女(おとめ)は話していた。

休日も寝てばかりで、食事は宅配任せ。

冷蔵庫にも何も入っていない……、とのこと。

だから、こうして由美子が様々なものを仕入れてきたのだ。

のろのろとベッドに入る乙女を見届けたあと、由美子は袋からスポーツドリンクと風邪薬、そしてゼリーを取り出す。

使い慣れたキッチンからお盆を出して、スポーツドリンクをコップに注いだ。

ベッドに運ぶと、彼女はゆっくりと身体を起こす。

「はい、姉さん。身体冷えるから、常温で我慢してね。で、これが風邪薬。飲む前にちょっとお腹に入れとこうか。ゼリー食べられる？」

「ありがと……」

乙女はとにかくコップを手に取った。そのまま一気に飲んでしまう。

こっこっこ、と勢いよく喉を鳴らした。

はぁ、と息を吐く。「もっと……」と弱々しく言うので、おかわりを注いであげた。

随分と喉が渇いていたようだ。

ベッドの周りには、ペットボトルもコップもない。

飲み物を取りに行く気力もなかったのだろうか。

飲み終えて、ぼんやりしている乙女にゼリーを差し出した。

受け取って、もそもそと食べ始める。食べ終えたら、薬は飲んでくれるだろう。

その間に洗面器にお湯を張った。タオルと着替えも持って、彼女の元に運ぶ。

既にゼリーを食べ終え、薬も飲んだようだ。

「姉さん。身体軽く拭いて、着替えた方がいいよ。汗だくのパジャマ着てちゃ、治るものも治らないし」

「あ、うん……。ありがと……」

乙女は汗を吸ったパジャマを、のそのそと脱ぎ出す。

その間にタオルを絞っていると、彼女の裸体が露わになった。

水分を取ったおかげか、さっきより少しだけ目つきがしっかりしている。

なので、タオルを掲げながら彼女に笑いかけた。

「姉さん、身体拭いてあげよっか」

「さすがに恥ずかしいよ……。自分でできるって」

冗談を言うと、弱々しくも笑ってくれる。タオルを渡すと、自分で身体を拭い始めた。

新しいパジャマに着替えると、乙女はほうっと安堵の息を吐く。

顔色も多少はよくなった。

「ありがとう、やすみちゃん……。ちょっと楽になったよ」

変わらず体調は悪そうだが、声の調子はさっきよりいい。

人がそばにいることで精神的にも楽になったのだろう。

「疲れが出たんだよ。姉さん、ずっと働き詰めだったしさ。そりゃ体調も崩すって。今日一日ゆっくり休めば、すぐに元気になるよ」

乙女はずっと忙しかった。

目の下にクマを作り、大量の仕事を抱えても懸命に走り回っていた。

無茶な働き方をすれば、身体が音を上げるのは当然のことだ。

「姉さん、食欲ある？　おかゆなら作れるけど、食べられるなら……」

食べてほしいな、と続けようとしたが、彼女の顔を見てぎょっとした。

乙女がぽろぽろと涙をこぼしている。

「わ、わぁー、姉さん。泣かなくても大丈夫だよ、大丈夫だって」

乙女の背中に手をやる。高い体温がじんわりと手に伝わってきた。

彼女がぐずぐず、と鼻を鳴らすので、ティッシュを差し出す。

乙女は「ごめんね」と言ってから鼻をかんで、涙も拭った。

「だ、ダメな先輩だなぁって思って……、ごめんね、やすみちゃん。せっかくのお休みに……。

迷惑ばっかりかけて」

病気になると弱気になる、とはよく言うけれど、彼女はすっかりしょんぼりしていた。

桜並木乙女に、そんな顔はしてほしくない。

乙女の手を握ると、体温の高さを感じた。

その体温をもらうように、ぎゅっと力を込める。

「姉さんはダメな先輩じゃないよ。あたしがどんだけ尊敬してると思ってんの。いつもお世話になってばっかでさ。少しでも恩返しできるなら、こんなに嬉(うれ)しいことはないって。迷惑ならいっぱいかけてよ。や、迷惑でもないんだけどさ」

「やすみちゃん……」

素直に気持ちを伝えると、彼女の目が安堵(あんど)の色を映した。

どうやら本気で申し訳なく思っていたようだが、言葉にしたらわかってくれたらしい。

表情が穏やかになっていく。

その姿に胸がチクリとした。

……さっきから、罪の意識に苛(さいな)まれている。

「それに、姉さんが忙しいのって、あたしたちのせいでもあるしさ」

「……？」

「ほら、いろいろとやってもらったでしょ。あたしたちのために」

少し前まで、歌種(うたたね)やすみと夕暮夕陽(ゆうぐれゆうひ)は、桜並木(さくらなみき)乙女(おとめ)の名前に頼り切っていた。

今のイメージを定着させるため、露出を多くするため、乙女(おとめ)といっしょに数多くのイベントを行った。

ハートタルトのお渡し会や、めくるとのラジオ合同イベントだってそうだ。

ただでさえ乙女(おとめ)は多忙なのに、イベントに参加してもらって負担をかけた。

それが今の体調不良と無関係だとは思えない。

「今度、ハートタルトのシングル出すじゃん？　それでもイベント多くなっちゃうしさ。姉さんに負担ばっかかけて……、ごめん」

由美子が謝ると、今度は乙女が手をきゅっと握ってきた。

弱々しい目に力を込めて、こちらを見つめる。

確かめるように、ゆっくりと言った。

「やすみちゃん。やすみちゃんが責任を感じることじゃない。負担なんて言わないで。わたしが、ふたりのためにやりたかったことだから。それに先輩なんだから、頼りにしてほしいよ。……こんなことになっちゃってるけど、それでも」

そう言って、乙女は笑ってくれた。すぅっと気持ちが楽になる。

乙女の笑顔のおかげで、不安な気持ちが徐々にほぐれていく。

言葉にしてもらって、ようやくほっとした。

互いに似たような心配をしていたことに気付き、顔を見合わせて笑う。

そのあと乙女は横になったが、なんとなく、そばを離れてほしくなさそうだった。

寝付くまで近くにいようとすると、その気遣いに気付いてやわらかく笑う。

彼女は掛布団を首までかけて、大人しくしていた。

戯れなのか、こちらの手を触れたり握ったりしている。

乙女はぼうっと天井を見上げて、ぽつぽつと口を開いた。

「わたし、昨日までは元気だったんだけど……。せっかくのお休みなのに、体調崩すなんて」

「あぁ、姉さん。逆逆」

乙女がこちらを不思議そうに見つめる。

顔色は幾分マシになっているが、メイクをしていないので濃いクマが痛々しい。

「加賀崎さんが言ってたけど、人間、忙しいときはあまり体調を崩さないんだって。気を張ってるから。でも、休みで気が緩むと、疲れてることを身体が思い出しちゃう。それで体調を崩すこともあるんだってさ」

「え、え？　じゃあ、休まなければ、こうならなかったってこと？」

「そういうこともあるみたい。休日に体調を崩す人は、そもそも疲労が溜まりすぎらしいよ」

「でも、休まなきゃ疲れは取れないけど……。体調崩さないように休むには、どうすればいいんだろう……」

「加賀崎さんは、『休まなければいい』って言ってた」

お互いに苦笑いを浮かべてしまう。

とんでもない極論だが、加賀崎ならやりかねない。

けれど、普通の人にはとても無理だ。だから。

「だから姉さん。今日体調を崩したのは仕方ないんだって。今日はゆっくり休んでさ、今度また遊びに行こ」

　やさしい声で伝え、頭をぽんぽんとする。

　乙女は穏やかに微笑んだ。

「これじゃどっちがお姉さんか、わかんないね」と眠たそうに言う。

　横になっているうちに、ちゃんと眠くなってきたようだ。

「やすみちゃん、今日は本当にありがとうね……。やすみちゃんがいてくれてよかった……」

「ぜんぜん。これくらいなら、いつでも」

「ねぇやすみちゃん……、わたしたち……、結婚しよっか……」

「急にプロポーズ？」

　夢の中に落ちかけているのか、乙女は目を瞑って、ぼんやりと言う。

　さらに寝言のように続けた。

「わたしがバリバリ働いていっぱい稼ぐから……。やすみちゃんは毎日、家で待っててくれると嬉しいな……」

「あたしそれ声優やめてんな……。共働きじゃダメ？　家事半分こにしようよ」

「結婚式はイベントにしてさ……、お客さん入れよう……。それをディスク化して、後々販売して売上回収しようね……」

「商魂たくましすぎる。やだよ、そんな結婚式……」

彼女からの返事はなく、すぅっと眠りに落ちていった。
規則的な寝息が聞こえ始め、ほっと胸を撫で下ろす。
「姉さん寝てくれたし……。食べやすいものを作って、置いとくか……」
由美子は冷蔵庫に目を向ける。
乙女の発言どおり、食材はほとんど入っていなかった。
作り置きしておけば、あとで温めて食べてくれるだろう。
「姉さん……、どういう生活してるんだろう……」
部屋を見渡し、思わず呟く。
今日、由美子は溜まった家事を片付けるつもりでやってきた。
けれど、部屋はとても綺麗だ。
洗濯物も溜まっておらず、掃除は行き届き、ゴミも捨ててある。
台本や資料の類はたくさんあるだろうに、それらもしっかり整理整頓されていた。
……多忙な人間の部屋ではない。
忙しくても、規則正しい。それは素晴らしいことだが、度が過ぎている気がする。
妙な違和感を覚えるのだ。
生活感があるようで、ない。
彼女はここで生活しているはずなのに、それが感じられない。

どこか不気味だった。

これでは、まだ朝加の汚部屋の方が人間らしい。

「…………」

乙女の穏やかな寝顔を見て、考えてもしょうがないか、と思い直す。

それに、今日は来てよかった。

彼女には、ずっと迷惑をかけ続けていたし、熱が出たのも自分たちのせいだと感じた。

しかし、乙女はそんなこと言わないで、と力強く言ってくれた。

頼りにして、とも。

同時に、乙女に自分の気持ちを伝えたら、彼女は明らかに安堵していた。

彼女への尊敬や感謝の想いは、届いていると思っていたのに。

やはり言葉にしなければ、はっきりと伝わらないのだろうか。

『言葉にしなきゃ伝わらないことの方が、世の中多いと思うよ』

めくるの声が頭に響く。

「うるさいな……、わかってるよ、めくるちゃん……」

ぼそりと呟き、同時に朝加のことを思い出した。

朝加からも、言われたことがある。

ロケが終わったあとのラジオ収録は、由美子だけが先に呼び出されたのだ。

「悪いね、やすみちゃん。早く来てもらって」

朝加はいつもの会議室に入ってくると、開口一番そう言った。

今日はラジオの収録日。

だが、この場に千佳はおらず、由美子と朝加のふたりきり。

朝加から、「話があるから早めに来てほしい」と言われたからだ。

普段の入り時間より、かなり早い。

「別にいいけどさ。どうかしたの、朝加ちゃん」

今日の朝加は、見慣れたスウェット姿だ。髪もぼさぼさで、おでこに冷えピタもある。

手にはノートパソコンと台本らしきものを持っていた。

彼女は席に着くと、落ち着いた口調で話し始める。

「実はね、新コーナーをやりたいと思ってて。それも、やすみちゃんソロで」

「は？」

ソロの新コーナー。なんだ、それは。意味が全くわからない。

困惑していると、朝加がそっと台本を差し出してきた。

コーナー名：『歌種やすみのお手紙』

やすみ：おはようございます、歌種やすみです。

新コーナー、『歌種やすみのお手紙』が始まりました！

普段のオープニングではなく、急に新コーナーが始まって、皆さんびっくりしたと思います。

ごめんなさい。

なんと、今はブースにあたしひとりです。

今回始まったこのコーナーは、あたし、歌種やすみが相方であるユウにお手紙を書いてきて、この場で読み上げる、というものです。

DVDを観てくださった方はわかると思うのですが、なかなか自分の気持ちは相手に伝えづらいもの。ユウも、あたしがいないからこそ、あんなふうに言えたんだと思います。

あたしもそれに倣って、ユウへの気持ちをお手紙にしてきました。

今流れているこの音声は、ユウといっしょに聴いています。

では、お手紙を読みますね。


（ここから、歌種さんが書いてきた手紙の音読）

やすみ：以上です！　（ここで歌種さん、読んでみた感想）

では、以降は普段のコーコーセーラジオが始まります！　それでは！

「な、なにこれっ⁉」

とんでもない台本を突き付けられ、混乱する。

自分の気持ちを、手紙にしてくる？　それを読み上げる？

しかも、千佳といっしょに聴く？

「や、やだよ、こんなのっ！　こんな恥ずかしいの……！　だ、だいたい、渡辺に言いたいことなんて、一個もないし！」

台本をテーブルに戻し、抗議の意味でバンバン叩く。

「まぁそう言うと思ったけど」

朝加は頰杖をついて、なぜか嬉しそうに笑っている。

その笑顔のまま、台本を手に取った。

「でもねぇ、やすみちゃん。自分の思ってることを、相手に伝えるって大事なことだと思わない？　夕陽ちゃんがやすみちゃんに抱いていた気持ちって、やすみちゃんは知らなかったでしょ？　普通の人は、言ってもらわないとわからないからね」

「…………」

それはそうだ。

千佳が、以前から由美子を意識しているのは知っている。千佳の口から伝えられたからだ。初めて千佳の家に泊まりに行ったとき、そう告げられた。もう随分前のことのように感じる。

今回も同じだ。

必要としている、だとか、いてくれてよかった、だとか。

言ってもらわなきゃ、とても知らなかった。

カァっと顔が熱くなる。

あんなの、聞くだけでも恥ずかしかった。

それを、今度は自分がやれ、というのか？

「夕陽ちゃんはあんなにやすみちゃんへの想いを真摯に語ったのに、やすみちゃんは何も言ってあげないの？　それってズルくない？」

「ず、ズルいって言うのなら、朝加ちゃんたちが一番ズルい」

「そりゃズルいさ。大人だからね」

へへへ、と気の抜けた笑い方をする。

とても大人とは思えない、少女のような笑みだ。

しかし、それがすぐに真面目なものへ変わった。

「いいかい、やすみちゃん。わたしは、この番組を続けたいと思ってる。そのためだったら、ズルいこともするよ。……前は、わたしの力不足で終わりそうになったけど、今度はそうはさせない」

朝加の目が、力強い光をたたえている。

珍しい表情に、何も言えなくなった。

この番組は一度、24回で打ち切りの憂き目にあっている。

そのとき朝加は辛そうにしていたが、ここまでの想いがあるとは思わなかった。

朝加はぱっと表情を戻すと、今度は穏やかな笑みを浮かべる。

「めくるちゃんにも言われたでしょ？　リスナーに関係性を見せなければ、彼らが離れて番組はいずれ終わる。今のスタイルを保ったまま続けるには、ふたりの本音の吐露が必要なの。やすみちゃんだって、この番組は続いてほしいでしょ」

そのまま前のめりになり、こちらの顔を覗き込んでくる。

「夕陽ちゃんの気持ちは伝えられた。あとは、やすみちゃんの気持ちを言うだけだよ」

「ぐ……、く……」

台本を握って、歯を喰いしばる。

そうでもしなきゃ、崩れ落ちそうだった。

顔は赤く、体温がぐんぐん上がる。湯気まで出てきそうだ。

机に身体を預け、そのままの体勢で固まる。

千佳に、自分の正直な気持ちをぶつける。

……嫌だ。恥ずかしい。絶対無理！　やだやだ！　嫌だ！

でも。

番組が終わるのは、もっと嫌だ。

「……一回！　一回だけ！　そのコーナー、絶対一回だけしかやらないからね……！」

何とか言葉を絞り出すと、朝加は満足そうに頷いた。

「…………」

由美子は乙女の寝顔から視線を外すと、鞄から便箋と筆箱を取り出した。

乙女がどれほど眠るかわからないが、できれば起きたときにそばにいたい。

風邪のときはとにかく弱気になるものだが、だれかが近くにいれば安心するはずだ。

時間の許す限りは、この部屋にいようと思った。

待っている間、手紙の一枚や二枚は書けるだろう。

「ええと……。なんて書けばいいかな……」

テーブルを借りて、便箋を前に悩む。

しばらく考え込んだあと、とにかく自分の気持ちを正直に書くことにした。

夕暮夕陽さんへ

あたしは、あなたのことが嫌いです。

もうちょっとで、いっしょにラジオを始めて一年が経ちますが、相性は今でも最悪だと思っています。口を開けば減らず口ばかりで、うんざりします。

学校でも、ラジオでも、ほかの仕事でも。あなたにイライラすることはたくさんありました。

今思い出しても、腹が立ちます。改めて考えても、やっぱり嫌いです。

でも、声優としてなら、あなたのことは尊敬しています。

演技も歌もすごく上手くて、心を奪われることは何度もありました。

あぁ格好良いな。かわいいな。すごいな。キラキラしてるな。

油断すると、いつもそんな気持ちでいっぱいになります。

あなたの声も、演技も、あたしはすごく惹かれてしまいます。

あなたがそばにいると、いつも嫉妬していました。

時には、嫉妬心であなたを傷付けることもありました。

本当にごめんなさい。

あなたのことになると、あたしは冷静でいられなくなることが、よくあります。

そんなふうになるのは、あなただけです。

たぶん、この世界でただひとり。
あたしの目標である、あなただけです。
あなたの背中はまだまだ遠いけど、あたしはあなたをずっと追い続けます。
ですから、あなたがずっと目標でいてくれるような、そんな声優であってほしいです。
いえきっと、あなたならそうなると思います。
あたしは、声優・夕暮夕陽が大好きですから。そう、信じています。
もちろん、あなたのことは嫌いですけど。
それと、ファントムの収録のとき、助けてくれてありがとう。
嬉しかった。
すごく、嬉しかった。
頼りになる相方で、よかった。
あなたがいてくれて、よかった。
いつも、ありがとう。
いつか絶対、追い抜いてみせるから。
そのときまで、あたしの目標でいてください。

歌種やすみ

「…………………………………………………………なにこれ」

書き終えた手紙を前に、愕然とする。

びっくりするほど筆がすらすら進んだと思ったら、これだ。

え、なに？　好きすぎじゃない？　こんなにあいつのこと好きなの？　嘘でしょ？

「み、認めたくねぇ〜……、嫌いだって、あんな奴ぅ〜……！」

テーブルに突っ伏して、ぐぬぬ、と呻く。

しかもこの恥ずかしい手紙を、ラジオの現場で音読させられるのだ。

さらにその録音を流し、千佳といっしょに聴くというのだから、堪らない。

これは千佳に対するサプライズ。

急に新コーナーが始まる、といった段取りらしい。

しかし、この手紙を読んだあと、どんなふうに収録をすればいいのか。

収録が終わったあと、どんな顔をすればいいのか……。

「やだよぉー……、こんなの、あたしの気持ちじゃないってー……、せんせー、あたしの手紙、知らん人が書いたー……」

そんなふうに現実逃避してみるものの、手紙にはしっかり自分の字が並んでいる。

手紙を読みなおして、唇を噛む。

……こんなふうに思っているのか。

いや、こんなふうに思っているのか？

「もう自分で自分の気持ちがわからん……、姉さんのご飯作ろ……」

現実逃避で席を立つ。

手紙はもう知らない！　このままでいく！　なるようになれ！

そして、この日に書いた手紙は、第48回の収録で実際に読むことになった。

そのあとはもうボロボロの収録で、お互いに噛みまくり、とちりまくりだった。

ボロボロなのは、収録のあとも。

「あ、ごめん。ちょっと大出さんに呼ばれたみたい」

収録が終わった途端、白々しく朝加が席を立つ。

ブース内に千佳とふたりで取り残された。

「………………」

「………………」

千佳は顔を赤らめ、こちらからは視線を逸らしている。

けれど時折、テーブルの上に置かれた手紙をちらちらと見ていた。

「あー……、渡辺……？」

こちらが声を掛けると、千佳(ちか)は気まずそうに唇をむにむに動かす。

赤い頬を隠すように顔を逸(そ)らすと、腕を組んでみせた。

ふん、とわざとらしく鼻を鳴らし、上擦った声を上げる。

「あ、あなたが言いたいことはわかってるわよ。あれは全部台本だー、とでも言うんでしょう？　わたしといっしょで。わかっているから、何も言わないでいいわ」

台本うんぬんは以前、彼女自身が言ってきたことだ。

千佳(ちか)に負けず劣らず、自分の顔が赤いことは自覚している。

だから、からかってきたり、茶化してこないのは正直助かるのだが……。

……先に言うかね？

千佳(ちか)と同じで、由美子(ゆみこ)も「台本だから！」と投げやりに言って、この照れくさい空気からさっさと逃げるつもりだった。

けれど、先手を打たれたのは面白くない。

一生懸命に平静を装い、下手くそな笑みを浮かべた。

「だ、台本？　何のこと？　あ、あれは、あたしの正直な気持ちだけど？　渡辺(わたなべ)に対する気持ちを、素直に言っただけだよ。う、嘘(うそ)でも何でもないけど？」

「………………っ！」

思ったよりも上手(うま)く言えなくて焦(あせ)ったが、それでも千佳(ちか)には効果覿面(こうかてきめん)だった。

千佳は口をパクパクさせて、目を見開いている。顔はさらに赤くなった。

彼女は隠し撮りのとき、あれだけ必死にごまかしたのだ。

ここで大人の対応をされれば、恥の上塗りだし、思いをぶつけられた恥ずかしさも倍増するに違いない。

……代わりに、自分の羞恥心も強くなる自爆技だけど。

千佳は真っ赤になった顔でキッと睨みつけ、泣き出しそうになりながらも舌打ちをする。

「で、出たわ……！　あなたのそういうところ、本当に嫌い……っ！」

悔しそうに言い残すと、彼女は逃げるようにブースから飛び出していった。

逃げるように、というより、逃げた。

「勝った……」

自分も顔を真っ赤にしておいて勝ちも何もないが、明らかにこっちが一枚上手だった。

満足しつつ頰に手を当てていると、調整室から声が聞こえてくる。

『勝ち負けの話じゃないと思うんだけどね、君たち』

「…………」

朝加の声だ。

由美子はカフのレバーをそっと下ろし、ふぅーっと熱い息を吐いた。

第48回の配信日――の翌朝。

眠い目を擦りながら、由美子は自分の部屋から出る。

昨夜はあまり眠れなかった。

「今夜、あのコーナーが他人に聴かれているのか……」と意識してしまい、布団の中で羞恥にもがき苦しんでいた。

千佳に対しては大人ぶったが、目がギンギンに冴え、眠るのに本当に苦労した。

リビングに行くと、ちょうど母がご飯を食べ終えたところだった。

「あぁ、おはようママ。お仕事お疲れ様」

「あ、おはよう由美子。ご飯ありがとー。ロールキャベツ、味が染みてておいしかった～」

ニコニコ笑う母を見ると、作った甲斐があった。

面倒な料理はいい……。余計なことを考えなくて済むから……。

朝ご飯を作るためにキッチンに立つと、母がシンクに食器を置いていく。

そこでなぜか、母がニヤニヤしながらこちらに寄ってきた。

「ねぇ、由美子。由美子はママのこと好き？」

「え、なに突然。好きだけど」

目玉焼きを作りながら困惑してしまう。反抗期チェックか何かだろうか。

こちらの戸惑いを無視して、彼女は身体をくっつけてくる。

「じゃあママに感謝はしてる～？　ありがとうって気持ちはある～？」

「いつもありがとうって思ってるけど……、え、なに、ロールキャベツにつまようじ入ってたから？　あれは別にママが憎くて入れたわけじゃないよ」

「そんな陰湿なことをする娘だとは思ってないけど！　やーね？　感謝してるなら、ママもユウちゃんみたいにお手紙欲しいな～って！」

「…………っ！　あっつ！」

動揺のあまり、箸を落としてフライパンに手が触れた。

それを見て、母はきゃっきゃとはしゃぐ。

「っ……、マ、ママ、聴いたの……!?」

「聴いた聴いた。なぁにぃ、由美子～。あんなにユウちゃんのこと悪く言うくせに、あんなふうに思ってたなんて～。我が娘ながらかわいい子ね、本当」

「…………！」

顔がボンっと熱くなる。

あ、あんな恥ずかしいものを、よりによって母親に聴かれるなんて……！

こちらは既に耳まで真っ赤なのに、彼女は追い打ちをかけてくる。

「照れることなんてないわよ～。すっごくいい話だと思ってじーんとしちゃったもの。特にあれがいいわよね、最後の……」

「感想垂れ流さなくていいから！　早くお風呂入って寝なよ！」

「わ、こわいこわい」

この世で最もひどい感想会が始まりそうだったので、慌てて母の背中を押しやる。

母は嬉しそうにはしゃぎながら、廊下へと消えていった。

「あーもー……、生まれて初めて家を出たいと思ったわ……」

火照った頬を押さえ、ぐったりとうなだれる。

「！　やば！　……あーもー、焦げてる……。目玉焼き焦がすとか渡辺かよー……」

黒焦げになった目玉焼きを見て、がっくりと肩を落とすのだった。


『——そのときまで、あたしの目標でいてください。……歌種やすみより』

「おー。思ったよりも、ガッツリとしたお手紙だったね。ね、めくる。歌種ちゃんたち、あたしたちが言ったこと、ちゃんと守ってるよ」

「……そりゃそうでしょ。あそこまで言って実行に移さなかったら、本物のバカだし」

「お。前にめくる、あのふたりのことをバカだバカだって言ってたけど、今は本物のバカじゃないってこと？　評価は上がったってことかな」

「なんでそんなイジワル言うの？」

「怒った？」

「怒ってはないけど」

「ま、とにかくあたしらの仕事はこれで完了だね。でもこれで、完全にリスナーを〝安心〟させられるかと言えば……」

「まだ、足りない」

「もう一押しがいるね。ふたりとも、それに気付いているかなぁ」


千佳がキッチンに飲み物を取りに行くと、ちょうど母が冷蔵庫を開けているところだった。

スーツ姿のまま水を飲んでいる。

普段よりは、比較的早い帰宅だ。

「……おかえり」

「ただいま」

無視をするのもどうかと思い、互いに抑揚のない挨拶を交わした。

千佳がコップを取り出していると、珍しく母が話しかけてくる。

「そういえば、千佳。あなたと由美子ちゃんのラジオだけれど」

「……っ」

衝撃的な言葉が飛び出してきて、危うくコップを落としそうになった。

ラジオ。

なんだ。なぜ、母からそんな話題が出てくる。聴いたのか？　聴いているのか？　いや、まさか。……まさか！　き、聴いているはずがない。でも、もし聴いていたら？　しかも、よりによってあの手紙の回とか……。あんな恥ずかしい話をもし、聴かれていたら——。

「あなた、動物園に行ったの？」

「…………」

あぁそのことか、と身体から力が抜ける。

危惧した状況にならずに安心するものの、すぐに新たな疑問が出てくる。

なぜ、動物園に触れるのだろう。

「行ったけれど……、それがどうかした？」

平静を装って尋ねると、母が少しだけ表情をやわらかくした。

「いえ、懐かしいと思って。あなた、動物園好きだったものね」

「は？」

頓狂な声が漏れる。何を言っているんだ。

動物園なんて、一度も連れて行ってもらったことはない。記憶にない。

あぁいや、と思い直す。

もしかすると、父がまだいた頃に行ったのかもしれない。

千佳が覚えていないだけで。

「昔、お父さんと三人で行ったの？」

父の話題を出すのは少し緊張したが、母が気にする様子はなかった。

さらりと答える。

「三人でも何度か行ったけれど、わたしとふたりでも行ったじゃない」

「は？」

再び、頓狂な声が出た。今度はさっきより大きな声だ。

そのせいか、母は怪訝そうに首を傾ける。

「……あなた、覚えてないの？」

「え……、行ってない……、けど……」

「行ったわよ」

はっきりと断言する。

そして、「まぁふたりで行ったのは一回きりだったしね」と付け足した。

「千佳は動物園に行くとはしゃぎすぎるから……。手を繋いでいても振り切って走っていくし、言うこと聞かないし、ひとりで連れて行くのは無理だと思ったわ」

「…………」

そう言われ、薄ぼんやりと記憶が蘇ってくる……。

確かに……、行ったような……。気がしてきた……。うっすらと……。

母の話だと何度か行っているようだが、由美子には『わたし、動物園って来たことなくって……』なんて語ってしまった。

ちょっと寂しそうな空気を出しつつ……。

えぇ……、どうやって訂正しよう……、と狼狽えていると、母はさらに追い打ちをかける。

「千佳は何度注意しても、動物にちょっかい掛けようとするし、その割には怯えてすぐに帰りたい、って泣き出すから大変で……。あぁそうね、カバを見たときなんて――」

「お、お母さん！　わ、わたしやることあるから……！」

強引に話を打ち切って、速足で部屋に戻る。

変なところで恥ずかしい話が増えてしまった……。いろんな意味で……。

NOW ON AIR!! 第49回

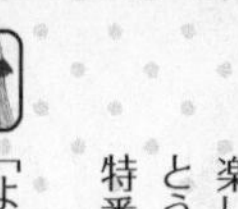

「では、メールを読んでいきます。ラジオネーム、〝おっさん顔の高校生〟さん。『夕姫、やすやす、おはようございます。おはようございます』」

「おはようございまーす」

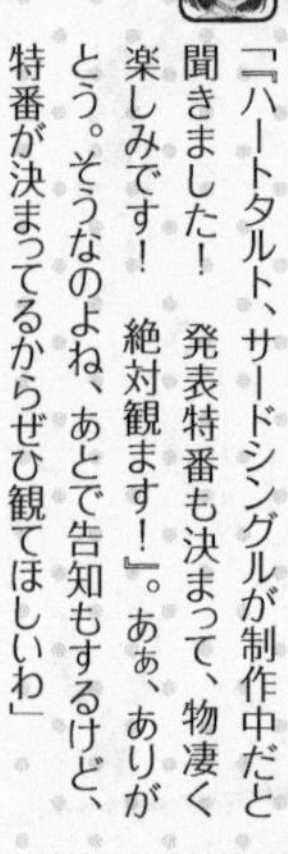
「『ハートタルト、サードシングルが制作中だと聞きました！　発表特番も決まって、物凄く楽しみです！　絶対観ます！』。あぁ、ありがとう。そうなのよね、あとで告知もするけど、特番が決まってるからぜひ観てほしいわ」

「よろしくねー。特番にはあたしたちと、ちゃんと乙女姉さんも出るから。レコーディングの話とか、どんな曲調かは伝えたいねえ。曲も少しくらいは流れるかな？」

「まぁそこも含めて、楽しみにしておいて頂戴。詳細はお知らせのときにしっかり言うわね。では、次のメール」

「はいはい。ラジオネーム、〝バンバンビビンバン〟さん。えーっと。…………」

「……やす？」

「ん！　これはアレだね！　前回の放送前にメールが来たのかな？　あ、そう？　えっと、今から読むメールはすべて、第48回の放送前に届いたみたいです！　DVDの発売が48回の放送前だったから、そのせいだね！　時空の歪み、ってやつ！」

「え、なに。声高。なぜ急にやっちゃんが出てくるわけ？」

「ふふ、なんでだろうね？　読みまーす！『DVD観ました！　一番印象的だったのは、夕姫がやすやすのことをどう思っているか、胸の内を話した隠し撮りのところです！』」

「あっ」

「『今までふたりは本当に仲が悪い、と思っていたので、夕姫がこんな気持ちだとは知りませんでした。ぜひ、やすやすの気持ちも教えてほしいです!』だって!」

「……………」

「ユウちゃん?」

「はいはぁい～、ユウちゃんですよ～。えー、ラウンジの場面も感想いっぱい来てるんだって! えっとぉ、『観てて恥ずかしかったけどよかった』『中学生時代を思い出しました』『共感性羞恥を煽る天才』……などなど」

「まあね! あそこ照れくさい空気がすごいもんね! ほかにも、〝バンバンビビンバン〟さんと同じように、『やすやすの気持ちも聞きたいです!』ってメールも多かったって!」

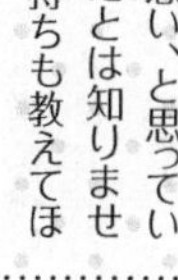

「そ、そっかぁ～……、そ、そこは前回の新コーナーで語ってるもんねぇ～?」

「そ、そうだね……、みんなもう聴いてくれたよね? 新コーナーの感想メールもお待ちしています! いや、待たなくていいんだけど……。えー、つ、次! 次のメールよもっかな!」

to be continued……

由美子が乙女を看病してから、数日後。

乙女は一日ですっかり調子を戻したらしく、後日、お礼の連絡をくれた。

「今度絶対に埋め合わせするから！」と言ってくれたので、それを楽しみにしている。

というのも、今日この日がまさに埋め合わせの日だったのだ。

ハートタルトのサードシングル発表特番。

番組が終わったあと、おいしいご飯を食べにいく約束になっていた。

生配信は夜からだが、リハや打ち合わせのために配信の数時間前にスタジオ入りする。

由美子と千佳は既に準備を終えて、楽屋で待機していた。

「姉さん、遅いなあ」

楽屋で特にやることもなく、ぼんやり呟く。

すると、スマホを見ていた千佳がこちらを一瞥した。

「集合時間までまだ時間はあるでしょうに。待てができない犬じゃないんだから」

「は？　食い意地張ってる渡辺に犬とか言われたくないんだけど。食べ物を前にハァハァするのはあんたの方じゃん」

「出たわ。あなたのそういうところ、本当に嫌い。これみよがしに独り言を聞かされる、こちらの身にもなってよ。かまってほしいアピール？　どうしたの〜？　相談乗るよ〜？　って言ってほしいなら、自分の縄張りでやって頂戴」

「こいつ……。あーあー、ごめんなさいねえ。渡辺って気配ゼロだから、いること忘れてたわ。存在感出すために常に叫んでてもらっていい？」

「マジウケルー、キャッキャッ。クラスで存在感アピールする人のマネ。これでいい？」

「あー、ぜんぜん聞こえない。忍者スキル高すぎ。渡辺って授業中も、トイレ行き放題でいいね。でも、気配なさすぎて電気消されそう。センサーも反応しなさそうだもんね、可哀想」

「いえいえ、あなたたちのトイレ事情の方が可哀想よ。複数人で行かないとトイレの扉が開かないんでしょう？　スイッチを同時に踏むギミックでもあるの？」

「ちょっとでも友達といっしょにいたいっていう心理、渡辺にはわかんないもんね。アニメで友達がテーマになったとき、どうやって演じるの？　役作りはイマジナリーフレンド？　それとも、友達ってジャンルはもうファンタジー？」

「出た出た、お得意のマウントが出たわ。友達が多ければ偉いという考えは、浅すぎて笑っちゃうわ。リアルフォロワー数自慢ね。今時～」

「あんたねぇ……」

千佳に腹を立てていると、扉がノックされた。

返事をすると、スタッフが顔を出す。

「そろそろ打ち合わせですー、移動お願いしますー」

「へ？　あの、乙女姉さんがまだ来てませんけど」

「あぁ先ほど……」

スタッフが言いかけるのと、だれかが飛び込んでくるのは同時だった。

「お、おはようございます！　あ、ごめんなさい、すぐ行きますので！」

乙女だ。

ここまで走ってきたのか、額に汗をかいて、はふはふと荒い息を吐いている。

鞄を机に置くと、由美子たちにパッと笑顔を見せた。

「ふたりとも、忙しなくてごめん！　もう打ち合わせするって！」

早口に言うと、そのまま部屋から出ていく。時計を見ると、集合時間を若干過ぎていた。

由美子たちも慌てて、彼女の背中を追いかける。

しかし、パタパタと廊下を走る乙女を見ると、不安を覚えた。

相変わらず、忙しそうだ。この前、体調を崩したばかりなのに大丈夫だろうか？

けれど、心配したところでどうにもならない。

打ち合わせ、リハ、本番と流れるように進んでいき、乙女とはろくに話せなかった。

ようやく声を掛けられたのは、本番数分前になってから。

スタジオの一室に軽いセットが組まれ、由美子たちは横並びに座っている。

いくつかのカメラと照明がこちらを見ていた。

慌ただしくスタッフが動くのを見ながら、乙女に話しかける。

「姉さん、大丈夫？　時間ギリギリだったけど、仕事詰め込みすぎなんじゃ……」

先日のこともあって、心配になる。

けれど、彼女はにこにこと笑っていた。

「ううん、大丈夫大丈夫。今日はちょっと道が混んでただけだから」

その笑顔は、いつも見ているものとは別物に感じた。

なぜだろうか。今から本番だから？　笑顔を作っている？

いや、彼女の笑みはプライベートと仕事でそう違わない。

だというのに、なんだろう。この違和感は。

胸がざわつくのを感じても、時間は止まらない。

「本番、一分前です！」

スタッフがそう声を上げたので、カメラに向き直る。

前のモニターには自分たちの姿が映っていた。

モニター越しに乙女（おとめ）を見ても、変わらずににこにこと笑っている。

「「ハートタルト、サードシングル発表記念放送～！」」

軽快な音楽とともにキューが出たので、三人揃（そろ）って声を上げる。

カメラに向かって、笑顔で手を振った。その瞬間、わーっとコメントが流れ出す。

視聴者は乙女（おとめ）のおかげでかなりの数で、コメント欄も盛り上がっていた。

「こんばんは～！　ハートタルトの桜並木乙女です～！」

乙女がにっこりと微笑む。

百点満点のその笑顔を見て、「余計な心配だったかも」と由美子はようやく安心できた。

それ以上は気にしないようにして、番組を盛り上げるために力を注ぐ。

「えー、こんなメールを頂いています。ペンネーム、〝吠えるホエール〟さん。『ぜひ、ハートタルトでライブをやってほしいです！』とのことです。えー、ライブ……、ライブか……」

「今実質シングル二枚なのだけれど。曲が足りないわね」

「同じ曲を三回くらいやればいいかな。アンコール入れて四回」

「あはは……。でもやりたいねぇ、ライブ。ミニライブでもいいから。『揺れ恋ゆららか！』の振り付けとか可愛くて、わたし好きだよ」

「………………」

「………………」

「あ、さてはふたりとも忘れてるな……？」

そんなやりとりをすると、周りのスタッフも笑ってくれる。

コメントの反応も上々だった。

「いや、姉さん……、忘れたわけじゃない。忘れたわけじゃないんだけど……、触りだけ教えてもらっていい？」

「やすみちゃん、そんなベタなこと言う？」

乙女はおかしそうに笑うと、「しょうがないなぁ」と立ち上がった。

その瞬間、コメントの熱が一気に上がる。

サービス精神旺盛な乙女らしく、この場で踊ってくれるらしい。

――由美子は、このときにした軽率な発言を強く後悔することになる。

思えば、気付くべきだった。

先日、体調を崩したときにもっと見ておくべきだった。

そもそも、由美子自身が乙女に伝えたはずなのに。

『人は忙しいとき、体調をあまり崩さない。気を張っているから』

気を張っている間は、ある程度の疲れは無視してしまえる。

調子が悪くても、ごまかせる。

けれど、それにも限界がある。人は無限には働けない。

張りつめた糸が、ぷつん、と切れる瞬間はある。

それはたとえば、ふらつくほどの体調不良でも、薬でごまかして踏ん張っているときとか。

激しい頭痛を堪えながら、必死で次の現場に駆け付けたときとか。

そんな、ときだ。

乙女はカメラの前に、てこてことやってくる。

由美子はモニターに目を向けていた。
乙女の顔が映る。
しかし、モニターの中央に来た瞬間、顔からすぅーっと血の気が引いていった。
えっ、と目の前の乙女に視線を戻す。
目に映る光景がスローモーションで変わっていった。
彼女の身体が、ゆっくりとゆっくりと崩れ落ちていく。
ダンっ、と嫌な音を立てて、乙女がその場に倒れ伏した。
「姉さんッ！」
そんな悲鳴が聞こえた。
それが自分の喉から出たものだとは、すぐには気が付かなかった。
彼女のそばに駆け寄る。すぐにほかのスタッフも、乙女の元へと集まってきた。
「曲！　曲流して！　それで救急車！　あ、あとマネージャーさんにも連絡……！」
スタッフの慌てた声が聞こえて、前を見る。
モニターは配信前の画像に差し替えられていて、今は曲が流れているようだ。
けれど、コメントの数は異様な勢いで膨れ上がっていた。
倒れた乙女のそばにしゃがむ。
触れようとして、触っていいのかどうか迷った。

彼女の顔は怖いくらいに真っ白になっていて、嫌な汗がだらだらと流れている。

本人は目を瞑り、意識を失っているようだった。力が抜け切っている。

長い髪が無造作に床へ広がっていた。

そのありえない光景に、息が荒くなった。恐怖が一気に身体を包み込む。

「姉さん……、姉さん……、ねえさんっ！　ねえさんっ！」

泣きながら乙女を呼ぶが、彼女は一向に返事をしてくれない。その事実が心底怖くなった。

身体がガクガクと震える。涙が止まらない。浅い息を繰り返してしまう。

不安が全身に覆いかぶさってきて、そのまま飲み込まれそうだ。

なんで、なんで返事してくれないの、なんで、なんで。

「きゅ、救急車、救急車は、は、はやく、はやくっ！」

「大丈夫、歌種さん！　もう呼んでる！」

「でも、でもぉ……！」

取り乱してぐちゃぐちゃになった由美子は、思わずほかの大人に手を伸ばそうとした。

「落ち着きなさい。あなたが騒いでも、どうにもならないでしょう」

千佳がそばにしゃがみ、背中に手を当ててくれた。

しかし、その声は動揺の色に染まっている。

彼女もこの状況に戸惑い、冷静じゃなくなっている。

「わたなべぇ……っ！」

そのことにどうしようもなくなって、千佳にすがりついた。

溢れ出る恐怖を、彼女にそのままぶつける。

「ば、ばーちゃんも、こんなふうに、倒れて、それっきりで……っ！　ど、どうしよう、渡辺、どうしよう……っ、姉さんが、姉さんがぁ……！」

「大丈夫、大丈夫よ。すぐに救急車が来てくれるから。何も心配することはないから」

背中をぽんぽんと叩かれ、彼女のやさしい声色のおかげでギリギリ踏ん張ることができた。

震えながらも、徐々に落ち着くことができた。

救急車は迅速に来てくれて、救急隊員が担架で乙女を運んでいく。

その間、乙女が目を覚ますことはなかった。

そのあとはずっと、頭に靄がかかっているかのようだった。

何も考えられず、呆然と座り込んでしまう。

すると、千佳の声が聞こえてきた。ディレクターと話をしているようだ。

「番組を再開するんでしたら、わたしは問題ありません。桜並木さんが体調不良で抜けたことは、キャストの口から伝えた方がいいと思いますし。これ以上、視聴者を不安にさせたくないです。わたしだけでもやります」

「そう、だね。夕暮さんがそう言ってくれるなら、助かります。カンペだけ作るんで、それを読んでもらっていいですか。そのあとの進行は台本どおりで」

「はい。フォロー、お願いします」

彼女たちの声で、頭の靄が少し晴れる。

涙をぐしぐしと拭ってから、ふたりの話に加わった。

「すみません。あたしも出ます。取り乱して、ごめんなさい」

「やす……、あなた、大丈夫なの？」

千佳の目が心配そうな色をしている。

ずっ、と鼻を鳴らしてしまうものの、こくりと頷いた。

「大丈夫。さっきはごめん。ちゃんとやるから。乙女姉さんの分も、やらないと」

「……そうね」

彼女は薄く微笑んで、それ以上は何も言わなかった。

そのあと番組は、ふたりだけで再開した。

「いやいや、ごめんねー、急に止まっちゃって。姉さんがちょっと体調よくないみたいで、今は休んでもらってます」

「ごめんなさいね。申し訳ないけれど、ここからはふたりで進行させてもらうわね」

そんな挨拶から始まり、なんとか番組はやり通した。

コメントはとても見られなかったので、何を言われていたかはわからない。

ただ、番組が終わった瞬間、凄まじい疲労感に襲われた。
どうにか隠していた震えも、手を持ち上げればはっきりわかる。
怖い。
怖くて仕方がなかった。乙女は無事だろうか。病院に運ばれて、どうなった？
一度考え始めると、祖母の姿が重なって足に力が入らなくなる。
「すみません。やすが体調悪そうなので、楽屋で休んでいってもいいですか」
そんな声が聞こえ、顔を上げる。
千佳がこちらの肩に手を置き、ほかのスタッフに問いかけていた。
「ほら、こっち」
手を引かれ、大人しく彼女と楽屋まで戻った。
楽屋にはだれもいない。周りの音は遠く、静かだった。
テーブルの上に乙女の鞄が置かれたままになっていて、また取り乱しそうになる。
不安が身体の奥でのたうち回っていた。
しかし、千佳が隣に座ってくれたおかげで、どうにか暴れずに済んだ。
千佳は何も言わず、スマホに目を向けている。
「渡辺……、さっきはありがとう。助かった……、今も……。ありがと……」
不安や恐怖で感覚が麻痺しているのか、素直に感謝を伝えられる。

千佳も茶化すことなく、こちらの目をまっすぐに見ていた。

「あの状況なら、取り乱すのは仕方ないと思うわ。おばあさんのことがあるなら、余計」

「うん……」

その声に安心感を覚える。

不安はもちろんあるけれど、これ以上は膨らまないような気がした。

「しょうがないけど……、ネットニュースになってるわね……」

千佳は苦虫を噛み潰したような顔で、スマホを見ていた。

大人気の若手声優が生放送中に倒れたのだ。ニュースにもなる。

以前の、ライブ前に足を挫いたのとは訳が違う。

大変なことになってしまった。

「あ。事務所からコメントが出たわ」

どうやら彼女は、安否の確認をしたかったようだ。

スマホの位置をずらしてくれたので、肩をくっつけて眺める。

桜並木乙女のツイッターと事務所のツイッター、両方から同じコメントが出ていた。

配信での途中退場のお詫びや、経緯や理由を書いていたが、要約するとこうだ。

『桜並木乙女は体調不良を起こしたが、重大な病気やケガではない。ただし、大事を取ってしばらくは活動を休止する』

今は普通に話せているし、医師の診断の結果、疲労の蓄積だともわかった。

しっかり休めば問題はない。なので、しばらく活動を休止する。

ただし、来月のライブに関しては、中止するかどうかは検討中……、とのこと。

千佳は安堵の息を吐いた。

「よかったじゃない。ただの疲労、体調不良だって。活動休止だけど、その分、ちゃんと休養できるし……。ひとまず、安心したわね」

「うん……、よかった……」

心の底から安心し、身体から力が抜ける。

しっかりと休むためなのだから、活動休止もいいことではないか、とさえ思う。

乙女が寝込む姿を見ているから、なおさらそう感じる。

事務所の対応も早くていい。ファンを安心させるため、迅速にコメントを出してくれた。

――しかし、それが引っかかった。

「……活動休止の発表が、早すぎない？」

事務所の対応が早いに越したことはないが……、あまりに早すぎないか？

なんだかほかに意味がある気がして、ざわざわとした不安が蘇ってくる。

安心し切れない。

しかし、千佳は特に気にならないようだ。

「生放送中に倒れたんですもの。迅速に処理しないと、どんどんよくない方向にいく、と思ったんじゃない？」

そうだろうか。ただそれだけなら、いいのだけれど。

置き去りにされた鞄を見て、由美子はそっと胸を押さえた。

「無事に辿り着けて、よかったわ」

「あぁうん……、さすがに心配しすぎな気もするけど……」

「あれだけ真っ青な顔をして、何を言うかと思えば。どこかで座り込んでても、おかしくなかったわよ、あなた」

由美子の家の前で、千佳とそんなやりとりをする。

いつまでも楽屋を占領しているわけにもいかず、ほどほどのところで退出してきた。

そして、スタジオを出たところで千佳がこう言ったのだ。

「心配だから、家まで送る」と。

そのやさしさには戸惑ったものの、彼女なりに心配してくれたのだろう。

それだけ、由美子も取り乱していた。今も顔色は悪い。

「あのー……、ありがと、渡辺。助かった、よ」

たどたどしく、お礼を述べる。

千佳(ちか)はわざとらしく肩を竦(すく)めた。

「べつに。佐藤(さとう)にまで倒れられたら、困るのはわたしだから」

何ともわかりやすい憎まれ口を叩(たた)いて、くるりと背を向けた。

そのまま、来た道を戻っていこうとする。

「それじゃあね」

「あ！　あー……、あの、渡辺(わたなべ)」

慌てて呼び止める。彼女は不思議そうに振り返った。

千佳(ちか)が去っていく姿を見ると、どうしても落ち着かない気持ちになる。

どうにか押(お)し留(とど)めていた不安が、再び身体を浸食してしまう。

「なに」

「えっと、あのー……、あっ、そうだ！　せ、せっかく来てくれたんだし、ば、晩ご飯でもどうかなって……、つ、作るよ」

「いいわよ、気を遣わなくて。あなただって、疲れているでしょうし」

「………」

さらりと返され、何も言えなくなってしまう。

普段は食い意地を張っているくせに、なんで今日に限って。

　こちらに気を遣っているのはわかるけれど、今欲しいのはその気遣いじゃない……。

　千佳をじっと見ていると、彼女は眉根を寄せた。

　頬を掻きながら、そっと口を開く。

「……佐藤。わたしは、あまり人の感情の機微に聡い方じゃないから。はっきり言ってもらわないと、わからないのだけれど」

「…………………」

　ズルいことを言う。

　……いや、本当にズルいのは、普段はあれだけ「人の気持ちがわからない」だのなんだのと煽るくせに、「気持ちを悟って」と要求している自分の方だろうけど。

　言葉にすれば簡単で、とにかく心細かったのだ。

　母だって、朝まで帰ってこない。家にずっとひとりで、震えていなければならない。

「家に……、寄っていってほしい……」

　ぼそぼそと呟く。

　似合わないことをしている自覚はあるが、それだけ弱っていた。

　それは千佳もわかっているのだろう。

　ため息を吐いてから、こちらに戻ってきた。

「お邪魔するわ」

よかった、と胸を撫で下ろす。

やさしさにつけこんでいる自覚はあったが、それでもひとりでいたくなかった。

ふたりで家に上がり、廊下を歩いていく。

その途中で、仏間を指差した。

「ごめん、渡辺。ばーちゃんにお線香あげたい」

「あぁ……、そうよね」

別にリビングで待っていてくれてよかったのだが、彼女は仏間にもいっしょに入っていく。

仏壇の前でふたりして正座し、線香をあげた。

手を合わすと、大好きな祖母のことを思い出す。

元気だったのに、祖母は突然逝ってしまった。もうすぐ三年になる。

倒れた乙女が祖母と重なり、取り乱してどうしようもなかった。

あんな思いは二度としたくなかったのに。

今も、思い出すと泣きそうになる。

「……乙女姉さん、大丈夫かな」

思わず、そう呟く。

すると、千佳は仏壇に目を向けたまま口を開いた。

「不安なら、桜並木さんに直接連絡を取ればいいでしょう。活動休止するなら、連絡を取る時間もあるはずだわ」

「……あ、そっか」

ぽん、と手を叩く。

なぜそんなことに気が付かなかったのだろう。

そうだそうだ、と繰り返す。その手があった。直接、訊けばいいんだ。

「……本当。いっしょに来ておいてよかったわ」

千佳はぼそりと呟いた。

不安を解消したいなら、本人に会ってしまえばいい。

乙女の口から「大丈夫だよ〜」と言ってもらえれば、やっと安心できる。

連絡すると、家で会う分には全く問題ない、と訪問を許してくれた。

お見舞いのお菓子を持って、見慣れたマンションに入っていく。

ぴんぽーんとインターホンを鳴らすと、すぐに扉が開いた。

「やすみちゃん！　ごめん、ほんっとーにごめん……！」

開口一番、乙女はパンッと両手を合わせて申し訳なさそうに言う。

今の乙女は髪を後ろで括り、ラフな部屋着を着ていた。顔色は随分と良くなって、声にも張りがある。よく眠ったのか、クマも消えていた。

今の彼女はすっぴんだが、元より美人だ。

体調が良ければ、部屋着であろうがすっぴんであろうが、とても綺麗なお姉さんである。

思ったよりも元気そうで、緊張がするりとほどけた。

安堵感で胸がいっぱいになる。少しだけ泣いてしまった。

「いやもう、本当だよぉ。あたし、めちゃくちゃ取り乱してさぁ。恥ずかしかったー」

「ごめーん。本当にごめん〜。お詫びに何でもする！　ダメな先輩でごめんねぇ」

乙女はこちらを軽く抱きしめながら、何度も謝罪を繰り返す。

いつもの桜並木乙女だった。むしろ、普段より元気なくらいだ。

あぁよかった、と目尻の涙を拭う。

「あ、ごめんね。上がって上がって！　おいしいお茶、淹れるね！」

「ありがとー、あ、シュークリーム買ってきたよ。姉さんの好きな店の」

「わー、何から何まで。もうわたし、やすみちゃんに頭上がらないよう」

きゃっきゃと笑いながら、部屋に入っていく。

家にいる時間が長いからか、さすがに部屋の中は多少散らかっていた。テーブルの上にコップがあったり、雑誌が無造作に置いてあったり、ベッドの布団が乱れていたり。

けれど、それは生活感だ。

「本当にここで生活しているのか？」と妙な不安を覚えたときよりも、ずっといい。

「お医者さんにね、働きすぎです！　って怒られちゃった。過労だって。疲れもストレスも溜(た)めすぎです、ってマネージャーさんまでいっしょに怒られちゃってさ」

「うん……、姉さん働きすぎだと思う。……あの、本当に過労なんだよね？」

「え？　あ、重大な病気じゃないかって？　ないない。倒れちゃったのは、睡眠不足とか熱があった、とかいろいろあって……。本当に大丈夫だよ～」

乙女(おとめ)の声は明るく、隠し事があるようには見えない。

どうやら、本当にただの過労のようだ。言い切ってもらえて、やっと安心できた。

部屋にも生活感が戻ってきたし、このままゆっくりと休めば、元気になるはず――。

と、そこで気付いてしまった。

テーブルの上に、台本があったのだ。

筆記用具も置いてあり、明らかにチェックした痕跡がある。

音が出ていなかったので気付かなかったが、テレビが映像を映していた。

一時停止された、作りかけのアニメ映像。

あれは、演者が出演作品の映像をチェックするために、あらかじめ渡されるものだ。

なぜ活動休止中の彼女が、台本チェックやVチェックをしているのだろうか。

「えと……、姉さん。復帰って、いつか決まってるの？」

もしかしたら、早めに復帰するのかもしれない。

もしくは、やることがなくてチェックしているだけかもしれない。

そうであってくれ、と願いながら尋ねた。

すると、彼女は笑顔で答える。

目の奥が、随分と暗く感じた。

「うん？　あぁー……。えっと、わたしは休止するつもりないんだ。明日にでも復帰するよ。ほら、お仕事はあるんだし」

さも当然、とばかりに乙女は言う。

ぞわりとした。

得体の知れない感覚が、背中を走っていく。

薄ら寒いものを感じながらも、由美子は諦めずに言葉を重ねる。

「ええと。でも、事務所は活動休止を発表してたよ？　仕事があるのはわかるけど、無理せずに休んだ方がいいんじゃ……。身体をしっかり治してからの方が、」

「もう治ったよお。平気平気。マネージャーさんが許してくれないから、今日までどうしようもなかったけど、明日はもう現場に出るよ」

こちらの話を遮り、にっこりと笑う。

そんなふうに笑う彼女が、とても遠く感じた。

ぴんぽーん、という音が聞こえて、はっとする。

乙女が手を合わせて苦笑した。

「ごめん、やすみちゃん。マネージャーさんだ。前の現場に鞄を忘れちゃったでしょう？　それを届けに来てくれて」

そう言い残すと、ぱたぱたと玄関に出ていった。

思わず、マネージャーを問い詰めたくなる。

乙女はこう言っているが、本当にそうなのか。活動休止はそんなにすぐに解けるのか。

それとも、乙女が勝手に言っているだけなのか。

……本当に、乙女は大丈夫なのか。

「ん……？」

何やら、玄関口で言い争っているようだ。

マネージャーの語気が強いらしく、ここまで声が届いてくる。

「……だから……、ですって！　……いいですか、……なぜ……」

何を話しているんだろう。

立ち聞きを我慢していると、今度は力強い足音が聞こえた。

どうやら、マネージャーが入ってきたらしい。

「……っ。あ、ど、どうも。歌種さん」

「あ。こ、こんにちは」

人がいると思っていなかったのだろう、マネージャーが鼻白む。

慌てて、挨拶してきた。

桜並木乙女のマネージャーである水戸だ。

若い女性で、乙女とそれほど歳も変わらない。

ショートボブに真面目そうな顔立ちで、スーツもきっちりと着込んでいる。

水戸は由美子がいることに動揺しつつも、何かを探すように辺りを見渡した。

そして、台本とつけっぱなしのテレビを見つけ、唇を嚙む。

「桜並木さん！　何度も言っているように、あなたはしばらく活動休止です！　休まなきゃダメなんです！　現場には絶対出しませんから！」

水戸が声を張り上げる。叱りつけるような口調だが、焦りの感情も見え隠れしていた。

いや、これは不安だろうか。

まるでそれを膨らませるように、乙女はゆっくり首を傾げる。

深い色の目をして、当然のように答えた。

「出るよ？　休みません。水戸さんだってわかるでしょ？　休んじゃダメなの。だから、休みません。明日から出るよ。わたしは、休んじゃダメだから」

淡々と、無感情に言う。表情は完全に消え失せていた。

それに水戸は気圧されたようだが、ぐっと拳を握る。

まっすぐに乙女を見据え、はっきりと言った。

「あなたが何と言おうと、活動休止です。現場にもすべて連絡しています。あなたが行ったところで、仕事はさせてもらえません。あなたがそんな調子では、こちらも復帰の目途を立てることができません！　……台本もVも、一度回収します。少なくとも、しばらくは――」

「それじゃあダメなの！」

水戸の言葉を遮って、乙女が悲鳴のような声を上げた。

音量も抑揚も、調整がすべて失敗した声に面喰らう。

乙女の表情は一転して、不安でいっぱいになっていた。

台本を手に取った水戸に摑みかかり、子供のように「返して、返してっ！」と叫ぶ。

「ね、姉さんっ！　な、なにやってんの」

ただならぬ様子に、後ろから彼女を止める。

すると、今度はこちらの両肩を摑んできた。

その勢いが思った以上に強く、ふたりして床に倒れ込んでしまう。

乙女は倒れたことを全く気にしていない様子で、荒い息で問いかけてきた。

「やすみちゃん、やすみちゃんならわかるでしょ？　わたしたちは休んじゃいけない。離れちゃいけない。そんなことをすれば、すぐに忘れ去られる。居場所がなくなる。いなくなる。なくなる。ねぇそうでしょ？　やすみちゃんなら、わかってくれるよね？」

「乙女姉さん……？」

乙女は、うわ言のように呻いている。苦しそうに、辛そうに。

こちらに同意を求めて、何度も問いかけてきたが、答えられなかった。

慌てて、水戸が駆け寄ってくる。

「桜並木さん、何をやってるんですか……！」

「やだ！　や、休まない、休めない、やだ、やだ、やだよぅ……。休んだら、もう戻ってこられない……、声優、続けられない……、居場所がなくなるのはやだぁ……！」

水戸の手を振り払ったかと思うと、その場でうずくまって泣き出してしまう。

その情緒の不安定さが、まさしく彼女が休まなければいけない理由だった。

その姿を呆然と見ることしかできない。

買ってきたシュークリームが、いつの間にか床に転がっていた。


コーコーセーラジオ収録日。

普段と同じく、由美子は会議室でひとり待っていた。

スマホを眺めていても、内容は頭に入ってこない。ただ指を動かしているだけだった。

「ん」

千佳が入ってきて、頭を軽く動かした。

こちらも似たような、会釈とも言えない挨拶を返す。

千佳は由美子の隣に座り、そのまま黙り込んでいた。

「何かあったの」

何も言っていないのにそう訊かれ、顔を上げる。

思わず、自分の頬に手を当てた。

しかし、表情がおかしいかはわからない。

「……そんなに態度に出てた？」

「そこまでは。空気で、なんとなく」

千佳に勘付かれる程度には、出ていたらしい。

ここで何でもない、と言っても遅い。反省しつつ、由美子はなんと言おうか考える。

すると、千佳が先に口を開いた。

「桜並木さんのこと？　それとも、このラジオのこと？」

ラジオのこと。めくるたちに言われた、この番組が続けられるかどうかの件だ。

ふたりの本音をリスナーに伝え、〝安心〟させなければこのラジオは終わってしまう。

「隠し撮りのシーンは……、今のところ、効果は今ひとつらしいね」

朝加がメールだけではなく、ネットで反応を見てくれていた。

結果としては、DVDを観た人にはふたりの気持ちが伝わっている。

けれど、リスナーがみんなDVDを買ってくれるわけではない。むしろ少数だ。

だから、リスナーの過半数は何も変わっていない。

今も、ふたりの言い合いに不安を覚える声が多数ある。

そこで、二の矢に由美子の新コーナー、『やすみのお手紙』があるわけだ。

「そこは、佐藤のコーナーを信じましょう。DVDはあくまで前振り、って朝加さんも言っていたし」

そうだ。朝加はネットの反応を伝えたうえで、そう言ってくれた。

『DVDはあくまで、意識を変えていくよっていう表明、きっかけみたいなものだから』

だから、結果が出るのはもう少しあと。らしい。

『やすみのお手紙』の効果については、まだ聞いていない。

しかし、コーナーの話をするのは恥ずかしくて嫌だし、話したいのもそれではない。

乙女のことだ。

聞いてほしかった。相談に乗ってほしかった。

千佳は由美子と同じく、乙女が倒れる様を目の前で見ている。

そして、同じユニットのメンバーでもある。無関係ではない。

一度大きく息を吐いてから、口を開いた。

「実は……」

先日、乙女の家であったことを包み隠さず話した。

あとで、乙女に怒られてもしょうがない、という覚悟で。

千佳は黙って聞いてくれた。

「どう思う」

すべて話し終えたあと、千佳に問いかける。

彼女は手を合わせて、自分の指を見つめていた。

そのままの姿勢で、口を開く。

「桜並木さんの気持ちも心配も、わかりはする。わたしが活動休止をしたら、期間にもよるだろうけど大ダメージは避けられない。ファンから忘れられてしまえば、居場所はなくなるかもしれない」

それは歌種やすみにも同じことが言える。

活動休止はすなわち、業界から一時的に消えることだ。

アニメからも番組からも、姿を消す。いなくなってしまう。

見える場所にはいないのに、ファンは応援し続けてくれるだろうか。

別の声優に取って代わられたりはしないか。

そうならないのは人気が根付いた声優だけで、歌種やすみや夕暮夕陽ならば、すぐに忘れ去られるだろう。

だからこそ、以前、千佳の母に「一年半の活動休止」を要求されたとき、猛反発したのだ。

一年と半年後、そこに自分たちの居場所は確実にない。だれかがとっくに座っている。

乙女が休みたくない、と嘆いたのはそういうことだ。

しかし。

「でも、桜並木さんは恐れなくていいでしょう。影響がないとは言わないけど、ちょっとやそっと休んだくらいで、揺らぐ地位だとは思えないわ」

千佳の意見に、由美子も頷く。

今や、桜並木乙女の人気は確固たるものだ。

由美子や千佳が休むのとはわけが違う。

たとえ一年半休んだとしても、きっと彼女なら戻ってこられる。

「でも、姉さんは怯えてる。休んだらもう居場所がなくなる、って本気で言ってた。嫌だ嫌だって、泣いてた。そんなわけないって説得しても、聞く耳持ってくれなくて」

「……桜並木さんの自己評価が低いだけじゃないの？　あの人、謙虚そうだし」

「いや、姉さんはその辺、意外と冷静」

人気者の自覚がないから、不安になる。

それは由美子も考えたが、すぐに打ち消した。

乙女は自身の評価はそれほど間違えない。人気があることを自覚している。

だからこそ、裏営業疑惑で人気がどん底になったとき、自分ならば手助けできる、とやってきてくれたのだから。

「何か、あるのかしら。わたしたちが知らない、何かが」

「うん……。過去に何かあったのかも。そう思って加賀崎さんには訊いてみたんだけど、加賀崎さんでも知らないみたいで」

はぁ、とため息をこぼす。

情報通の加賀崎がわからないなら、探るのは難しいかもしれない。

答えは出ないまま、朝加が会議室に入ってきた。

彼女にも尋ねてみたが、朝加は乙女とそれほど接点はないらしい。答えは得られなかった。


普段なら収録が終わったあと、千佳はさっさと帰っていく。

一方、由美子は許される範囲内でおしゃべりを楽しむ。

今日は、お互いに考えごとをしていたからだろう。

由美子は雑談せずにブースを出て、千佳は普段よりゆっくりとしていた。

気付けば、廊下をふたりで並んで歩いている。

かといって、特に会話はない。黙々と歩く。

だから、すぐに気が付いた。

「あ。めくるちゃんと花火さんだ」

廊下の前方にいたのは、ロケでお世話になったあのふたり。

彼女たちは穏やかに談笑しながら、のんびり歩いていた。

めくるは嫌がるだろうが、挨拶はするべきだ。

彼女たちに近付こうとすると、千佳がぽつりと言う。

「……柚日咲さんや夜祭さんって、桜並木さんと同期じゃなかったかしら」

あっ、と声が出る。

そうだ。あの三人は、全員芸歴が同じはずだ。

もしかしたら、乙女について何か知っているかもしれない。

千佳と顔を見合わせると、急いでめくるたちに駆け寄った。

そこで。

由美子は、めくるの小さな背中を見てしまった。

このところ、苦しいことが立て続けに起こった。乙女のことを思うと、胸が張り裂けそうだ。

考えることもいっぱいあった。ラジオの存続。乙女の体調不良。千佳との関係。

脳と心に負荷が掛かり、割と由美子もいっぱいいっぱいだった。

そんな状態で、めくるの可愛らしい後ろ姿を見てしまったものだから。

「めくるちゃーん」

そのまま、抱き着いてしまった。

「ひっ……！」

めくるの身体がカチンと固まり、その場に直立不動になる。

腕も肩も、信じられないほど力が入った。ピーンと背筋も伸びる。

けれど、それでもめくるの身体はやわらかい。

サイズ的にも、抱き着くのにちょうどよかった。

「めくるちゃーん。ごめん、訊きたいことがあってさ。ちょっといい？　あ、花火さん。この前はありがとうございました。今は邪魔してごめんなさい」

「いい……よ……！　こ、こっち、こそ、隠し撮り、の件、ごめん……っ！」

花火は腹を抱え、ぷるぷると肩を震わせていた。

めくるの様子がツボに入ったらしい。

後ろからぎゅうっと抱きしめると、めくるはその分、力を込めた。本当にカチコチだ。

めくるの首に顔を寄せ、表情を見る。

彼女は目を白黒させて、ひたすら口をパクパクさせていた。

「めくるちゃん。聞いてる？」

「……っ、あ……、は、は、離れて……、あ……っ、こえ……、ださないで……っ」

「お、お題……、『推しに抱き着かれて死を迎える人』……っ！」

花火は変わらず笑っている。ひぃひぃと苦しそうにしていた。

めくるは真っ赤な顔で小刻みな呼吸を繰り返し、前を一心に見つめている。

「あー……、めくるちゃん落ち着くなー。なんかこう、癒される……」

「――――――――あ……………」

「佐藤。それ以上はやめなさいな。柚日咲さん、本当に死ぬから。遊んでる場合でもないでしように」

千佳に背中を叩かれて、渋々と離れる。

確かに、遊んでいる場合ではない。

めくるは怒り出すかと思いきや、その場に崩れ落ちていた。

「もうやだ……」

めくるが呟き、花火が勢いよく吹き出す。

「あー……、めちゃくちゃ面白かった……。えー、それで歌種ちゃん。何か用？　訊きたいことがあるって言ってたけど」

「そうなんです。ちょっと、真面目な話があって」

「真面目な話があるなら……っ！　こんなこと……、するな……っ！」

めくるは地の底より低い声を出し、よろよろと立ち上がる。

おかしな表情になっているので、怒っていても怖くはなかった。

「ごめんね」とさらりと謝ると、彼女はさらに怒り出したが、さっさと話を進める。

「乙女姉さんのことなんだけど」

乙女の名前を出すと、空気がしぃんとなった。

ふたりの表情も相応のものに変わる。

当然、ふたりは乙女が倒れたことを知っているはずだ。

内容が内容だけに、こういう空気になるのは仕方がない。

けれど、それだけじゃないような気がした。

「ふたりは姉さんの同期ですよね。もし、知っていたら教えてください。姉さんは、活動休止を過度に恐れているんです。怯えてる。前に何かあったんじゃないか、何か原因があるんじゃないかってあたしは思ってます。何があったのか、知りませんか」

由美子の質問に、ふたりはすぐに答えない。顔を見合わせている。

口を開いたのはめくるだった。

「それをあんたが知ってどうするの」

答えるために口を開いたが、言葉が出なかった。

……どうするつもりなのだろう。

どうするかは決めていない。

けれど、知りたいと思う。

「わかんない。でも、あたしに何かできることがあるなら、したいよ。少しでも姉さんの力になれるのなら、なりたい。……姉さんのあんな姿、見たくないんだ」

たどたどしく、頭に浮かんだ言葉をそのまま口にしていく。

けれど、嘘偽りのない本音だった。

力になりたい。あんな顔をしてほしくない。いつもみたいに、笑ってほしい。

しかし、めくるは何も言わなかった。冷たい視線をこちらに向けるだけ。

すると、今度は千佳が口を開いた。

力強い目で、めくるたちを射貫く。

「わたしたちは桜並木さんと同じユニットなんです。一日でも早い復帰を願うのは、自然なことだと思いますが」

淡々とした口調で言う。

その視線を躱すように、めくるは目を逸らした。

「いいよ。あたしが知ってることでいいなら、教えてあげよう」

「！　花火」

慌てて、めくるが花火の腕を掴む。

心配そうな目をするめくるに、花火は穏やかな笑みを返した。

「教えてあげてもいいと思うよ。この子たちにとっても、知っておくべきことでしょ。この子たちはまだ高校生なんだぜ」

めくるは釈然としないようだったが、殊更止めるつもりもないらしい。

最終的に、ため息を漏らすだけだった。

花火はこちらに顔を向け、にっと笑う。

「ふたりとも。お鍋は好きかい」

家で鍋パーティをするから、おいで。

鍋を食べてから、ゆっくり話そう。

そんなふうに誘われて、由美子と千佳はめくるたちの後ろを歩いていた。

スーパーで買い出しをして、そのまま部屋に向かうのだそうだ。

「花火……、なんでわざわざ、うちにまで招待するの。そこまでする必要ある？」

「めくるぅ、そんなプリプリしなくても。めくるがお世話になってるわけだし、あたしとしてはお礼のひとつでもしておきたいんだよー」

「お世話になってない。むしろ、してる。わたしがあいつらに、どんだけ貸しがあると思ってんの？」

ぶつくさと文句を言うめくる、笑いながらまぁまぁとなだめる花火。

ぴったりと寄り添っているせいか、言葉ほど険悪な空気ではない。

あれだけ花火が楽しそうなのを見ると、「単にめくるを困らせたいだけじゃ？」なんて邪推したくなった。

「……夜祭さん、柚日咲さんのこと好きすぎるわよね」

「めくるちゃんもね。あぁなるのが理想なのかなぁ」

自分たちは、とてもあんな関係にはなれそうにない。

千佳の態度を見ていると、歩み寄るのも難しく感じた。

「せめて渡辺がもうちょっと可愛げのある性格だったらなぁ……」

思わず、ぽつりとこぼす。

すると、千佳はキッと睨みつけてきた。

「なに？　文句があるのなら、ちゃんと言ったら？」

「渡辺がもうちょっと素直でちゃんとしてて人の気持ちもわかって人に気を使えて協調性があってわからないことはわからないって言えて口調も穏やかだったらいいのにな、って言った」

「本当に詳細を言う人がある？　あの一言にそこまで感情を込めてたわけ？　行間に詰めすぎ。

純文学でも読んだ？　似合わないからやめた方がいいわよ」

「勝手に人の本の趣味を決めて、勝手にバカにするのやめてくれる？　レッテル貼りが雑。そのレッテル産地偽装だからね。貼るにしてもちゃんと貼れ」

「あらあら、ごめんなさい。いつも一方的に貼られるだけだから、わからなくて。根暗だのなんだのとレッテル大量生産している工場と違って、こちらはひとりで作ってるものだから」

「その割には物凄く手つきいいけどね？　大量生産では、あんたのレッテル貼りの技術に敵わないからさー、職人さんには頭上がんない。レッテル貼りの人間国宝、名乗れば？」

「出たわ。あなたのそういうところ、本当に嫌い。そもそも佐藤は、さっき一方的に文句を言ってきたけど、わたしだって言いたいことがあるわ。言わせてもらうけど、あなたはね――」

「あ、別に聞いてないんで。いいです」

「ちょっと！　自分だけ言いたい放題言っておいて！　そんなのズルじゃない！」

ぎゃあぎゃあと言い合いながら、めくるたちについていく。

スーパーでの買い物は、千佳は言うまでもなく、由美子も大して役に立たなかった。

ふたりがあまりにも手慣れた様子で、ホイホイとテンポよく買い物を済ませるからだ。

こういうことを頻繁にやってるんだろうな、と伝わってくる。

由美子たちが発言したのも、食べ物の好みや食べる量くらいだったろう。

買い物袋を抱えて、夜の街を歩いていく。

すると、花火がめくるに顔を寄せた。

「どっちの部屋でやる？」

「花火の部屋でいいなら、花火の部屋。うちに、声優入れたくない」

くはは、と花火が笑う。徹底してるなぁと由美子は思った。

花火のマンションは駅から少し歩いた先にあった。

ごくごく普通のワンルームだ。

「はいはい、上がって上がって」

玄関で靴を脱ぎながら、花火が言う。

めくるは特に何も言わず、そのまま上がっていった。

「お邪魔します」

「お邪魔します……」

靴を揃えてから、中に入っていく。

「そういえば、うちにめくる以外の声優来るの、初めてだな」

花火がぽつりと独り言をこぼした。

フランクに誘ってくれたので、意外に思う。もっとほかの声優とも遊んでいるのかと。

あながち、「お世話になっているから誘った」というのは、方便ではないのかもしれない。

めくるが以前言っていたように、花火もまた、めくるがいればそれで十分なのだろう。

部屋に物はそれほど多くなく、程よく片付いている。

可愛すぎず、シックすぎない、居心地の良さそうな部屋だ。

クッションはふたつ置いてあり、「あぁめくるがしょっちゅう来てるんだな」と感じた。

「ふたりは適当に座ってて。鍋の準備、こっちで進めるから。もうお腹ぺこぺこだー」

「あ、あたし手伝います」

「いやいや、いいよ。ふたりでやっちゃうから。あ、お手伝いは洗い物をお願いしよっかな」

確かに、ワンルームなのでキッチンは狭い。ふたりで使うのが精いっぱいだろう。

千佳が料理で役に立たないのは存分に知っているし、洗い物を任せてもらう方がいいかもしれない。

キッチンには既にめくるが立っているが、まだぶすっとしていた。

「そんな怒んなよぅ」

「怒ってないですけどぉ」

花火がめくるに身体をぶつけて、じゃれ始めた。

それでめくるの表情も穏やかになる。そのやわらかい空気が羨ましかった。

こっちの空気は、すぐギスギスするからだ。

じゃれることなど全くない。

「…………」

めくるたちを見習って、少しだけじゃれついてみようと思った。

「渡辺ー」

彼女の肩を叩いて、そのまま人差し指をぴんと向ける。

振り向いたら頬に人差し指が当たる……、というベタベタなイタズラだ。

「むぐ」

千佳はあっさりと引っかかり、指を頬に食い込ませた。

あ、かわいい。

彼女はきょとんとした顔になり、不思議そうに人差し指を見つめている。

「…………っ」

しかし、すぐにこちらをギロリと睨みつけると、全力で人差し指を押し返してきた。

ぐにぃーっと指が折れ曲がっていく。

「痛い痛い痛い折れる折れる折れるッ！　ばかばかばかばか！」

慌てて手を離すと、千佳は鼻を鳴らして顔を逸らした。

なんとまぁ可愛くない奴……。

もう知らん、と花火たちに視線を戻す。

花火は買い物袋から、ぽんぽんと材料を取り出していた。

しかし、途中で首を傾げる。

「あれ？　ポン酢買ってなかったっけ？」

「買ってない。家にないの？」

「あー、切らしちゃってさ。そっか、まずったな」

花火が頭をかしかしと掻いたので、由美子が手を挙げた。

「あ、じゃああたし買ってきます——」

「めぐるー、悪いけど、部屋からポン酢持ってきてくれない？　あ、それとクッションも」

「へ」

花火と声が重なったが、彼女が何を言ったかはわかった。

「あ、ばか」

めぐるは焦った顔を作る。それが疑惑を確信に変えた。

あの物言い、まさか。

「……ふたりとも、もしかして同じマンションなんですか？」

千佳が様子を窺いながら、おそるおそる尋ねた。

花火は半笑いで目を逸らし、めぐるは頭を抱える。

花火は観念したように、壁を指差した。

「めぐるは、お隣さん」

「と、隣に住んでるの⁉」

同じマンションというだけでも驚きなのに、まさか隣同士で住んでいるなんて。

「え、ぐ、偶然、ですか……？」

そんなわけないのに、つい尋ねてしまう。

花火はごまかすように笑った。

「いや、前に引っ越したいタイミングがいっしょになって、良い物件もあったから、流れで」

それを聞いて、はぁ、と感嘆だか何だかわからない声が出た。

仲がいい仲がいい、とは思っていたけれど、まさかここまでとは思わなかった……。

「……これって、内緒にしておいた方がいいですか？　ファンは知らないですよね」

千佳の質問に、めくるの方が答える。

「……そうして。別に秘密にしたいわけじゃないけど、言うタイミング逃してるって感じだから。あぁもう……、あんたたちにどんどんわたしの秘密が漏れていく……」

そんなふうに嘆くめくるは、少し可哀想だった。


鍋はすぐにできあがった。

めくると花火が用意した材料が思ったよりも多く、さらにご飯まで炊いていることには驚いたが、これは花火のためのようだ。

鍋は雑談を交えながらとても楽しく、おいしく食べられた。

花火のおかげでめくるの口数も多く、千佳はおいしいものを食べられて機嫌がいい。

そんないい空気の中、花火が思い出したようにぱっと口を開いた。

「あぁそういえば、歌種ちゃん。あれ観たんだけど、すごかった」

「？」

白菜を口に入れていたので、返事ができない。

もぐもぐしていると、花火が指を立てた。

「『幻影機兵ファントム』！　あのシラユリ最期の回！　物凄く話題になってたね。あたしもあれ観て、びっくりしちゃった。歌種ちゃん、こんな演技できるんだ～って」

「あ、あぁ……、あれですか」

白菜を飲み込んだが、照れくさくて微妙な反応しかできない。

由美子の演じるシラユリ・メイが散る回は、ネットでかなり話題になった。

『あの演技、めちゃくちゃすごかった』『最期の叫び声、鳥肌立ったわ』『あれ演じたの新人ってマジ？』『やすやす、上手くなったよなあ』『あれでファンになった』『本当に凄い回だった』

そんなふうに絶賛する感想が、たくさん飛び交っていたのだ。

加賀崎が心から嬉しそうに教えてくれた。

未だにエゴサはしないが、このときばかりは加賀崎から許可が下りてチェックしたくらいだ。

あのときの演技は無我夢中だったけれど、こうして認められるのは素直に嬉しい。

花火はさらに感想を重ねてくれた。

「特に最期の叫び声はびっくりしたなぁ……。迫力がすごかったもん。あのシーンだけ、何回も観ちゃったな。うわぁー……って、呆気にとられてさ。本当にすごかったよ」

「え、えへへ、そうですかね、えへへ……、あ、ありがとうございます……」

照れて笑うことしかできない。

声優を始めてからというもの、こんなに褒められるのは初めてだ。

口元も緩くなるし、浮ついた声が出るのは仕方がない。

……しかし、なぜか空気が緊張し始めていた。

その理由は、千佳もめくるも黙々と食べ進めているからだろう。

一切話題に参加せず、無言で手と口を動かしている。

「――なに」

「いや、別に……」

ちらりと千佳を見ると、不機嫌そうに睨まれてしまう。

あれからというもの、千佳は『幻影機兵ファントム』の話題をあまり口にしない。

その理由について薄々と勘付いているからこそ、由美子も触れようとしなかった。

けれど、めくるが黙り込んでいるのはなぜだろうか。

めくるには相談に乗ってもらったので、既にお礼の一報はしている。

「上手くいったよ」と。その返事は、そっけなく「あっそ」だったが。

めくるを見ていると、その視線に花火が気付いた。

にっと笑う。

「放送直後、あたしはまだ観てなかったんだけど、めくるがうちに飛び込んできてさ。すっごい興奮しながら、『今すぐに観て！』って言ってきたんだよね」

「花火」

めくるは目を瞑ったまま、静かに諌める。

花火は「おっと」という表情をしたあと――、平然と続けた。

「でさ、『やすやすがやった！　やってくれた！』ってほんっとーに嬉しそうに言ってきたの。子供みたいに目をキラキラさせて。あれだけテンション高いめくるは珍しかったなー」

「花火？」

「いっしょに観たんだけど、もうめくるったら涙ぐんじゃって。観ているときは静かにしてたけど、観終わったあとはずぅっと絶賛してて。そのあとは、酔い潰れるほど飲んでたなぁ」

「花火！」

「ネットで話題になったときなんかさ、もう泣いちゃって。『やっと、やっとやすやすが認められた』って号泣よ。それで」

「もう二度と夜食付き合わない」

「あぁごめんごめんごめん、めくる許して！」

ついに怒り出しためくるを前に、必死で謝り倒す花火。

暴露されためくるは気の毒だが、やはり嬉しい。

照れくさくてムズムズするけれど、やっぱり胸はポカポカと温かかった。

ふたりがわちゃわちゃとし始めたからか、千佳がこちらにだけ聞こえる声で囁く。

「――最終話は、まだ先だから」

「…………」

その言葉の意味は、さすがに今ならわかる。

千佳は不機嫌になるのをやめたらしく、鍋をよそって普通に食べ始めていた。

「あぁそうだ。あの回、夕暮ちゃんの演技もあたし好きだよ」

めくるとの話はついたのか、花火がそう切り出す。

「……ありがとうございます」

「や、これはお世辞じゃなくてね。相乗効果っていうのかなぁ。どっちもよかった。ふたりとも、森さんや大野さんたちに囲まれてたのに、よく出し切れたねえ。特にあのシーン。歌種ちゃんも最期の叫びが注目されがちだけど、あそこもよかった……。こっちを見ろ、どうしようもない人です、のところ」

セリフを言われて、反射的に千佳(ちか)を見てしまう。

千佳(ちか)もこちらを見た。目が合う。

散々家で練習した後遺症だろうか、思わず声が飛び出した。

「よそ見をするな！　こっちを見ろ！」

「本当にあなたは……、どうしようもない人です……！」

「ぶっ！」

そこそこ！　と花火(はなび)が指差すのと、めくるが吹き出すのは同時だった。

口の中のものを出さないよう堪(こら)えたようだが、それが仇(あだ)となって激しくむせる。

「げほげほげほげほげほっ！　うぇ、げほっごほっげほげほっ……！　ごほっ……、あぁ……、もう……、なんで、こんなところで……、天国と地獄……っ、ごほごほごほっ……！」

半泣きでむせるめくるの背中を、花火(はなび)がせっせと擦(さす)ってあげていた。

四人で鍋をつつくのは楽しかった。

けれど、今日は楽しく食事をしに来たわけではない。

「……それで。そろそろ教えてもらえますか」

鍋をすっかり平らげて落ち着いたあと、温かいお茶を前に尋ねる。

「なんで、乙女姉さんはあそこまで活動休止を恐れるんでしょうか」

由美子の問いに、空気が引き締まっていく。

花火はお茶をズズ……、と啜ったあと、ゆっくりと口を開いた。

「ふたりとも、〝秋空紅葉〟っていう声優さんを知ってるかな。あたしやめくる、乙女ちゃんとも同期なんだけれど」

「ん……、あぁ。知っています、けど」

突然、第三者の名前が出てきて困惑したが、知らないわけではない。

頭の中に、ぽんぽんぽん、とその声優が演じたキャラが出てくる。

思い返していると、千佳が先に口を開いた。

「何年か前、物凄く勢いがあった人ですよね。確か、トリニティ所属の」

「え、そうなの」

意識がそっちに持っていかれる。乙女と同じ事務所だとは知らなかった。

花火は小さく頷く。

「トリニティ所属。そして、芸歴二年目から三年目にかけて、爆発的に売れた人だね。とにかく出ずっぱりだったなー。売れたのは乙女ちゃんより早かったし、仕事量もすごかった」

言われると思い出してくる。

記憶の中にある秋空紅葉という声優は、どこか独特な雰囲気の持ち主だった。

容姿は整っているものの、笑顔やトークで場を沸かせるタイプではない。

涼やかな声、するりとした語り口調が特徴的で、一人喋りのラジオも人気があった。

演技は演技で、どこか新人らしからぬ迫力と華を兼ね備えていた。

当時、ラジオや演技を聴いたあとに芸歴を知って、「え、新人？」と驚いたのをよく覚えている。

めくるが懐かしむように、指折り数えた。

「『地獄からの慟哭』エンジョー、『サンタさんはやってこない』荒川奈々奈、『ロック・ロック・ロック！』無花果、『ニューワールド・クラシック』ファンタシア、『俺の青春はどうあっても最下層！』小鳥遊花実、『ふわふわパン小話集』胡桃みるく……。とにかく、出てた」

満足そうに頷いている。

声優というよりは、ただの声優ファンとしての発言に聞こえたが、次の言葉はしっかりと声優の顔で続けた。

「でも、秋空紅葉が売れたきっかけは、間違いなくアレ」

「うん。『ただ、まっすぐに』」

めくると花火はゆっくりと頷き合う。

見知ったタイトルに由美子も声を上げた。続いて、千佳も。

「あ、観てました。映画の方も観たし」

「わたしも観てました。原作も読みました」

この場で、知らない人はいない。『ただ、まっすぐに』はそんな作品だ。

弓道部を舞台にした少女漫画で、かなりの大ヒットを博した。

だれもが名前は知っている作品で、普段アニメを観ない人も観ていたくらいだ。

学校でも話題になっていて、教室では男子も女子も、「『ただすぐ』観た？」「観た～、よかった～」と言っているのを何度も見た。映画もクラスの友達と観に行った。

あぁそうだ、と思い出す。

『ただ、まっすぐに』の主人公――、那須弦を演じたのが秋空紅葉で、そのときに「え、新人？」と思ったのだった。

言われてみれば、あれから一気に出演作品が増えたように感じる。

が、何かの作品をきっかけに仕事が増えるのは、それほど珍しいことではない。

花火は腕を組み、そのことについて語った。

「あ、やられた！　と思ったねぇ。当時は悔しかったなぁ、すごく。やっぱり、同期だから意識しちゃっててね。やだったなぁ」

「え、そうなの？　知らなかった」

「めぐるはそういうのないしね～。わざわざ言うことでもないし。……恥ずかしい話、昔は乙女ちゃんもライバル視してたよ。今はとても言えないけどね」

「へぇ……、それも知らなかったな」

何やら、ふたりで盛り上がってしまっている。

ただ、それは由美子も思い当たる感情だった。

自分と近い声優が、先に成功してそれを妬んでしまう。

後ろ暗い、嫌な感情だと思っていた。

けれど、ほかの人も同じように感じていたことに、内心でほっとする。

お茶を一口飲んで、「乙女姉さんと同期なのは、しんどそうだな」とぼんやり思った。

そこで、はたと気が付く。

「秋空さんって、今は何出てましたっけ」

それは素直な疑問だった。

かつて、アニメに出ずっぱりだった秋空紅葉。人気声優街道を駆け抜けていた彼女。

しかし、思い返してみると、ここ最近見掛けた覚えがない。

もちろん、現場でも会ったことはなかった。出演作に関わったことがない。

それは単純に自分のアンテナが低いだけかと思ったのだが……、どうやら違う、とふたりの表情を見て悟った。

「何かあったんですか」

問いかけたのは、千佳だ。

花火は困ったように笑って、言い辛そうに口を開いた。

「ちょうど三年目の前後くらいかな。活動休止したんだよ。急病のためって」

「活動休止……」

それは、つい先日聞いたばかりの言葉だ。

仕事を詰め込んで、忙しすぎて、倒れてしまって、乙女は活動休止になった。

そして、まさか、と思う。

由美子の目を見て察したのだろう、めくるはこくりと頷いた。

「当時、事務所間では情報が出回ってたから、マネージャーに訊いたら教えてくれたよ。秋空さんは、仕事の詰めすぎでパンクした。潰れた」

……まさしく、乙女と同じだ。

限界を超えた仕事量に、身体の方がついていけなくなった。

活動休止を余儀なくされた。

しかし、そうなってくると事務所に怒りの矛先が向く。

過去に同じことがあったのなら、なぜそれを繰り返してしまったのか。

その気持ちを見通したわけではないだろうが、めくるが聞き捨てならないことを言った。

「そのとき、うちのマネージャーは『トリニティはいつかやると思ってた』とも言ってた」

「いつかやると思ってた……？」

千佳が眉をひそめる。

花火はため息で答えた。

「トリニティってまだ会社が若くて、小さいんだよね。割と手探りでやってる、ってうちの事務所の人たちは言ってる。だから、マネージャーも程度がわからない。声優が音を上げない限り、どこまでも仕事をやらせてしまって、結果、潰れた」

「逆に言えば、秋空さんのことがあったから、桜並木さんはあそこまで持った、とも言える」

ふたりは淡々と言葉を並べる。

ひどい！　とは言えなかった。

先ほどは反射的に事務所へ怒りを向けてしまったが、由美子はマネージャーの水戸を知っている。彼女は、無理を強要する人じゃない。

いつも乙女を気遣っていたし、乙女がキツいと言えばすぐに仕事は減っただろう。

けれど、自分たちのような人種は。

無理です、とは言えないのだ。

仕事があるうちは取りたい。チャンスは逃したくない。

仕事を減らして、それで戻ってこなかったらどうしよう。嫌だ。それは嫌だ。全部やらせてください。頑張りますから。

そうして、時間の許す限り仕事を取ってしまう。

ちらりと千佳を見る。

千佳も同じような性格だと思う。

けれど、彼女のマネージャーである成瀬珠里はできる人だ。会社も大きくてノウハウもある。

無理をすれば、絶対どこかでブレーキをかけてくれる。加賀崎だって同じだ。

桜並木乙女は「できません」を言えなくて。

マネージャーは「できます」という言葉を信じて。

こうなってしまったのだとしたら、それは。

「…………」

落ち込み、思わず泣きそうになってしまう。

同時に、理解もした。

なぜ、乙女の活動休止発表が、あそこまで迅速だったのか。

同じ轍を踏んでしまった手前、対応を早くせざるを得なかったのだ。

前例が、あるだけに。

そこで、はっと顔を上げる。

「あ、秋空さんは。復帰、できてないんですか？」

乙女は、「戻ってこられない」と泣いていた。

もしかして秋空が復帰できなかったから、そう嘆いたのか。

花火は首を振る。気まずそうに呟いた。

「復帰はできたよ。でも結局、復帰したのは一年も先のことだった」

「いち……」

売り出し中の新人声優がその途中で退場し、一年間の空白を置いたら。

どうなるかは想像がつく。

実質、秋空が活躍していたのは一年間。

新人声優が一年間出ずっぱりになれても、それと同じくらい業界から姿を消せば、だれもが忘れてしまう。

『戻ってこられなかった』のだ。

現場復帰をしても、かつての勢いはない。

残っているのは、活動休止してしまった事実と、増えた芸歴だけだ。

今度はめくるがため息を吐いた。

「なんで、そこまで長期間の休養が必要だったかは、わからない。でももっと復帰が早ければ……、そもそも活動休止をしなければ。秋空さんは今とは違う状況だったでしょうね」

めくるはスマホを操作していた。

ウィキペディアの秋空紅葉のページを開いて、こちらに見せてくる。

出演作品の欄はある年から急激に増え、同じくらい急激に減っていた。

花火がそれを見つめ、重い息を吐く。

「一度、秋空さんのマネージャーに話を聞いたんだけど。もう、彼女は新規の仕事を取らないんだって。事務所に籍は残っているけど、やるのは既存キャラのオファーがあったときだけ。それ以外は、何もしないって」

暗い気持ちで全員が黙り込んでしまう。

それは、実質引退しているようなものだ。

ファンに知られることなく、そっと業界を去っていく。

そうやってやめていった先輩を、由美子は何人も見ている。

けれど、仕事やチャンスがなくて、やめざるを得なかった人たちともまた違う。

秋空紅葉はせっかくチャンスを手にしたのに、おかしな落とし穴に落ちてしまった。

だが、秋空紅葉のようなケースは決して珍しくはない。

彼女の仕事が爆発的に増えたのは、いわゆる巡り合わせ。

同時に、この状況も巡り合わせだ。

同じような状況に陥る可能性は、この場にいる四人全員が抱えている。

ちょっとした失敗で、再起不能になることもある。

歌種やすみと夕暮夕陽も落とし穴に引っかかったが、あれは本当に運よく回避できたに過ぎない。

ただ。

「で、でも姉さんは。姉さんは、大丈夫じゃないの……？」

乙女がああれほど取り乱したのは、業界に戻ってこられない恐怖に染まったからだ。

けれど、乙女の人気はもはや確固たるもの。

言っては何だが、秋空とは状況が違う。

少なくとも、活動休止で一気に仕事がなくなるとは思えない。

しかし、めくるは冷静に言葉を返した。

「その保証はだれがしてくれる？　わたしたちは会社員じゃない。受け入れてもらえなかったら、それまで。先のことはだれにもわからない」

それに、と続ける。

「歌種は聞いたでしょ。桜並木さんには意識している人がいる、って。いや、いた、って。確証が持てずに訊いたけど、やっぱりあれは秋空さんのことだった」

「あぁ……」

千佳と花火は不思議そうにしていたが、由美子にだけは伝わる。

以前、乙女たちと焼肉に行ったとき。千佳が帰ったあと、ライバルの話になった。

意識している人がいるのか、という問いに、乙女はこう答えたのだ。

『いたねぇ。同期なんだけど、デビューしたての頃はバチバチだったなぁ。この人には絶対負けたくない！　ってお互いに思ってたよ。演技が当時から本当に上手い子でね。あの子が役を取るたび、くやし～！　わたしも！　って思ってたなぁ』

『わたしが演技に詰まったとき、めくるちゃんみたいに『あの子に聞いてみれば』って先輩から言われたこともあるんだ。でも、どうしても聞けなかった。聞けば絶対に参考になるのに、あの子の方が上手いのに、それでもね。……いや、だからこそ、かな。それだけは嫌で……』

彼女の熱量は高く、ライバルにそれだけ強い想いを抱いていることを意外に思った。

乙女がそこまでの激情を持つなんて、と。

その相手は同事務所の同期、秋空紅葉だったのだ。

そこでようやく、乙女の苦悩がはっきりとわかった。

めくるも頷く。

「桜並木さんには、ずっと意識してる同期がいた。負けたくない、って思ってた。そんな相手が、業界を去る姿を目の前で見てしまった。戻ってこられなかった姿を。そして今、自分が同じ状況になっている。……不安に怯えるのは、当然じゃないの」

その状況に、ぞっとする。

それは、どれほどの恐怖だろうか。

次はお前だ、と言われているに等しい。

自身の体調不良に対する不安、仕事を飛ばしてしまった後悔、責任、恐怖。

それに加えて、目の前で消え去ったライバルの存在。

もはや、乙女があそこまで取り乱したのは必然だとさえ感じた。

「……秋空さんのことがあるから、乙女ちゃんは倒れるまで仕事をしてしまった、とも言えるね。休む恐怖に憑りつかれてしまった」

花火はお茶をぐいーと飲むと、今日一番の大きなため息を吐く。

「席を空ければ、取って代わられるのがこの業界だし。あたしたちの代わりなんて、いくらでもいる。そんな世界に飛び込んでしまった。ふたりはさ、それをよく考えてもいいと思うよ。まだ高校生なんだし。いくらでも引き返せるし」

花火は強がりのような笑みを浮かべる。隣でめくるが渋い表情をしていた。

あぁ、と納得する。

その辛い事実は痛く、苦しく、目を逸らしたくなるものだ。

もちろん理解はしていた。

わかってはいた。

けれど、こうして具体例とともに改めて認識すると、痛いものはやはり痛い。

もしかしたら、ここに来る前にめくるが渋っていたのは、「わざわざ言わなくてもいいのでは」と思ってくれたのかもしれない。

「…………」

進路、という言葉が頭をよぎる。

これから先も、声優を続けていくと漠然と思っていた。

高校を卒業して、声優を続けて、いつか『魔法使いプリティア』に出るんだ、と。

しかし、まざまざと現実を見せつけられると、やはり怖い。

覚悟を持って、飛び込めるのか。

改めて自問自答をしても、答えは出ない。

自分はこの道を進んでも、後悔はしないのだろうか。

そこで、ぽつりと疑問がこぼれた。

「……秋空さんは、どう思っているんだろう」

彼女はもう、声優活動をほとんど停止している。自分たちとは別の道を歩んでいる。

今、どう思い、どう感じているのか。

千佳が怪訝そうな顔でこちらを覗き込んできた。

「それは……。あまりいい感情は持っていないでしょう。無念、とか。道を志半ばで閉ざされたわけだし」

「…………。でも、それは、あたしたちの想像でしかないと思う……」

考えはまとまっていない。

思ったことを口にしているだけだ。

でも、ほかにすがるものがなくて、結局考えていることをそのまま話した。

「秋空さんは、やりきった！　って思ってるかもしれない。後悔もないまま、すっきりして業界を立ち去ったかもしれない。本人は納得しているのに、残されたあたしたちがとやかく言っているだけかもしれない……」

由美子の言葉に、千佳とめぐるは「はぁ？」といった表情をし、花火はきょとんとしていた。

……そんな反応になるよな、と思う。

言っていることが無茶苦茶なのは、自覚していた。

千佳が軽く頭を振り、苦々しく言う。

「いくら何でも、それは楽観的すぎるでしょう。体調を崩して、復帰に時間が掛かって、それで声優をやめて『やりきった！』って？　……やりきってないから、問題なんでしょうに」

「…………」

千佳の言うとおりだと思う。彼女の考えが妥当だ。

言ってしまえば、これは駄々に近い。

それを自覚しながらも、口を開いた。

「あたしは……、そう思いたくない、から……。自分が声優をやめることになったとしても、その原因がなんであれ、後悔も無念も抱きたくない……。せめて、納得していたい、って思っちゃうんだよ……」

　これはただの願望だ。

　そうであってほしい、という独りよがりな勝手な願望。

　そんな綺麗な世界でないのは、やめていった先輩たちを見ればわかるのに。

　それでも、どうしても願ってしまう。

　もし、自分がその状況に陥ったとき。

　せめて、後悔せずに消えていきたいから。

　やりきった、とさっぱりした顔で去っていきたいのだ。

　それを人に押し付けるのは違うと思いながらも、そうあってほしいと願ってしまう。

「それはさすがに、人の気持ちを考えなさすぎだと思うけれど」

　千佳に痛いところを突かれる。

　自分でも後ろめたいからだろう、つい憎まれ口を叩いた。

「……あんたに人の気持ちがどうのって言われてもね。違和感すごすぎて目の前真っ暗になるわ。人語をしゃべる犬を見た人ってこんな気持ちなのかな」

「は？」

　キッと睨みつけてくる。ちっ、と舌打ちまでついてきた。

「そういうあなたこそ、普段コミュニケーションがどうのって偉そうにしてるくせに、肝心なところで役に立たないのね。電池切れした防犯ブザーみたい」

「あんたはブザー鳴らされる方だけどね。言葉のナイフを見境なく投げつけて『防犯防犯！』って言ってるヤベー奴。見えない敵から身を守る前に、規律を守ってくれない？」

「さすが、服装検査のときだけ必死でスカートを戻す人たちは、規律を守ることに一家言あるわね。その調子で沈黙も守ったら？　あなたの出番はないわよ」

「こいつ……。大体、だれが何を思っているかはわからないもんでしょ。勝手にあれこれ想像して答え出すのは、国語のテストだけで十分。人間には『話す』って機能があんのよ。あんたはあんまり使ってないけどね」

「悪いけれど、あなたみたいなコミュニケーション至上主義が幅を利かせる時代はもう終わったの。時代遅れなの。過去の亡霊。初めて悪い意味でこの言葉を使うわ。コミュ力お化け」

「あんたの時代はこれから先も絶対に来ないけどね」

「出たわ。あなたのそういうところ、本当に嫌い。マイノリティをすぐにそうやって……」

「めぐるー、雑炊作っていいかな」

「いんじゃない？　ご飯取ってこようか」

「あ、ちょ、ちょっと！　あぁもう、あんたと話してるとすぐこれだ！」

脱線したせいで、めぐると花火が立ち上がりかけていた。

が、どうやらこれは口論を止めるためだったらしい。

花火はけらけらと笑っていたが、めぐるは真面目な表情で口を開いた。

「で、歌種。あんた何が言いたいの」

「秋空さんと話をしたい」

今度ははっきりと言える。

ようやく、頭の中を整理できた。

「秋空さんは、何を思っているのか、何を考えているのか。それを本人の口から聞きたい。その気持ち次第だけど、もし可能なら――、乙女姉さんと話をしてもらえないか、お願いしてみる。秋空さんの言葉なら、乙女姉さんに届くかもしれないから」

秋空紅葉は業界を去った。それは事実だ。

しかし、彼女が悲劇のヒロインかどうかは、本人が決めることだ。

もしかしたら、笑って話せるような、思い出話になっているかもしれない。

乙女が秋空のことで気に病んでいると話せば、「それは大変だ！」と駆けつけてくれるかもしれない。「大丈夫だよ！」と乙女を励ましてくれるかもしれない。

それは淡い、本当に淡い期待かもしれないけれど、何もしないよりはマシだと思った。

けれど、千佳は渋い顔をする。

「……もし、わたしが裏営業疑惑で声優をやめていたとして。現役声優に『どんな気持ちだったんですか？』って訊きに来られたら、めちゃくちゃ腹立つわよ」

うっ、と声が出る。全くもってそのとおりだ。

物凄く無神経な人間だ。

「……そのときは、ちゃんと謝る。許してもらえるまで謝る。ていうか、そもそも会ってもらえないと思う……」

それも秋空次第だろう。

結局のところ、本人の気持ちは本人にしかわからない。

やるべきことが見つかったかもしれない。

そう思ったのも束の間、めくるははっきりと言う。

「わたしは絶対やめた方がいいと思う。もし会えたとしても、相手が大人の対応をしてくれるとは限らない。相手は不快になるかもしれないし、あんたは傷付くかもしれない」

先輩らしい、めくるらしい注意だった。彼女から言われると、決心が揺らぎそうになる。

さすがに荒事にはならないと信じたいが、状況が状況だ。

なじられたり、罵声を浴びるくらいは覚悟するべきだ。

一方、花火は軽い調子で言った。

「それは歌種ちゃんも覚悟してるんじゃない？　このままでも状況はよくならないんだし、乙女ちゃんに何かしたいと思うなら、あたしは悪いことじゃないと思うけど。さすがに暴力までは振るわれないだろうしねー」

「…………」

めくるは微妙な表情をしているが、強く否定するつもりもないらしい。

花火の言うとおり、動かなきゃ状況はよくならない。

行動すると決めたら心は軽くなった。スマホを取り出す。

「加賀崎さんに、何とかならないか訊いてみる」

大事なところは人任せになってしまうが、どちらにせよ相談はするべきだ。

立ち上がると、めくるがそっと目を逸らす。

その表情には心配が見え隠れしていた。

「大丈夫だよ、めくるちゃん。心配しないで」

「……してない。電話するならさっさと行け」

しっしっと手を払われるので、笑いながら部屋を出た。

「よし、雑炊つくろっかー。夕暮ちゃん、まだお腹だいじょう」

「大丈夫です」

「食い気味」

そんな会話を聞きながら、マンションの廊下に出た。

だいぶマシになったが、それでも夜は肌寒い。

上着着てくればよかったかな、と思いながら、加賀崎に電話を掛けた。

何回かコールしたあと、聞き慣れた声がスマホから聴こえる。

『もしもし。どうした、由美子』

「ごめん、加賀崎さん。今大丈夫？　相談したいことがあるんだけど」

相談、という言葉に少し身構えたらしい。一瞬沈黙したあと、『どうした』と再び訊かれる。

「あのね、」

さっきのことも含め、加賀崎にすべてを伝えた。

そのうえで、何とか秋空紅葉に会うことはできないか、と打診する。

「加賀崎さん？」

けれど、すべてを話し終わっても、彼女からは返事がない。

どうしたんだろう、と窺っていると、小さなため息が聞こえた。

『……実はな。こうなるんじゃないかと思って、秋空のことは伏せていたんだ』

「え」

どうやら、加賀崎は乙女と秋空のことを把握していたらしい。

いや、おかしいとは思っていた。

めくるたちが知っていることなら、加賀崎はとっくに把握していそうなものだ。

そのうえで黙っていたということは。

『会いに行くのは、やめろ』

「加賀崎さん……」

加賀崎の、硬い声が聞こえてくる。

『あたしは、現役がやめた人間に会いに行くのは、あまりいいことだとは思えない。双方にとってな。お前たちは初対面なんだ。……何を言われるか、わからないぞ。それに、何を言われても、文句は言えない』

それは、先ほどめくるたちが言った意見と同じもの。

由美子の身を案じるからこそ、加賀崎はやめろと制している。

「でも、加賀崎さん。このままじゃ、乙女姉さんが……」

『それは、お前がやらなきゃいけないことか？』

ぐっと返答に詰まる。加賀崎の声は鋭いものに変わっていた。

千佳の裏営業疑惑の一件を思い出す。

由美子が先走ったせいで、加賀崎には散々怒られた。

あそこまでひどくはならないにしても、由美子自身がダメージを受ける可能性はある。

答えに迷っていると、加賀崎はため息を吐いた。

『あたしはな、由美子。お前が一番大事なんだ。あたしがトリニティや桜並木に何かするのは、構わない。でも、お前には傷付いてほしくないいんだよ』

まさしくそれは、加賀崎の親心だろう。

加賀崎からすれば、ほかの事務所の声優なんて放っておいてほしいに違いない。

しかし、黙ってはいられなかった。

「加賀崎さん。それでもあたしは、秋空さんに会いに行きたい。傷付いてもいい。怒られてもいい。このまま、姉さんを放っておけない。力になりたいんだ」

『…………………………』

沈黙が降りる。

電話の向こうで、加賀崎は何も言ってくれない。

嫌な静けさがずっと続いている。

しばらくして、彼女の大きな大きなため息が聞こえてきた。

『お前はほんっとーに……、ほんっとーに……、ばかだよなぁ、もう……』

ため息と呆れた声、あぁもうどうにでもなれ、といった諦めの感情をないまぜにしながら、加賀崎は続けた。

『……わかった。じゃあ、トリニティのマネージャーから秋空に伝えてもらえよう、あたしから頼んでみる』

「加賀崎さん！　ありがとう！」

『本当だよ。あぁもう、何でお前はそうかなぁ……。りんごちゃんは心配だよ、今が大事な時期なのに……。あぁでも、できるのは連絡するまでだぞ。秋空が断ったら素直に諦めろ』

「うん、もちろんそれは……」

言いかけて、その声がきゅっと止まる。

スマホを持った腕を、だれかに引っ張られたからだ。

驚いてそちらを見ると、千佳が慌てた様子で由美子の腕を摑んでいた。

千佳と目が合う。

口から離れたせいで、加賀崎が『由美子？』と呼びかけていた。

千佳はスマホを気にしながら、口を開く。

「佐藤。加賀崎さん、何とかなりそうって？」

「あ、あぁうん。わかんないけど、連絡はしてみるって」

「じゃあ、加賀崎さんに伝えて。……わたしも、いっしょに行く」

「えぇ？」

頓狂な声が出るのと、スマホから『おーい、由美子ー、どうしたー？』という声が聞こえるのは同時だった。

「ほーい、じゃあメール読みまーす。えー、ラジオネーム、〝てんぷらのアイスクリーム〟さん。感想メール？　……げっ。……あの、朝加ちゃん、これ読むの？」

「あっ………。あの、朝加さん。別にメールよくないですか、今日は。ねぇ。コーナーに時間取りましょうよ。やっちゃんユウちゃんに時間取りたいな～……、あ、読む？　はい……」

「えっ、今日はもう時間いっぱい感想メールなの？　なん……、最近、ちょっと、ひどいな……。読めばいいんでしょ、読めば！　『やすみちゃん、夕陽ちゃん、おはようございます！』」

「お、おはようございます……」

「おはようございまーす！　えー、〝やすみのお手紙〟の感想ですね！　『新コーナー、聴きました！　急にあんなふうに始まって、あれ、聴く番組間違えたかな？　と驚きました！』」

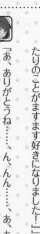

「まぁ……、突然、一人喋りが始まったら、びっくりするわよね……」

「『でも、その内容にもびっくりです！　やすみちゃんの本音が初めて聴けた気がします。ふたりのことがますます好きになりました！』」

「あ、ありがとうね……、ん、んん……、あ、ありがとう……」

「メールは嬉しい……、ありがとね、〝てんぷらのアイスクリーム〟ちゃん……。でも、ちょっと……、あたしは身体が痒くなってきたかな……」

「……次のメール。〝天井天丼〟さん。『やすみのお手紙は、DVDの夕姫へのお返事みたいでしたね！　ぐっときました！　やすやすの気持ちも知れて嬉しかったです！』」

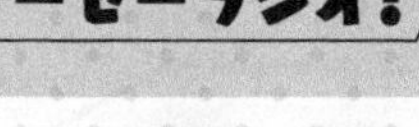

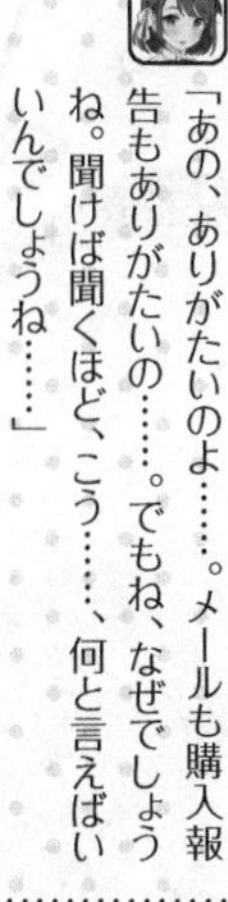

「うん……、ありがとう……。ＤＶＤもお買い上げありがとね……。嬉しいよ……」

「あの、ありがたいのよ……。メールも購入報告もありがたいの……。でもね、なぜでしょうね。聞けば聞くほど、こう……、何と言えばいいんでしょうね……」

「……まだ？　はい、ラジオネーム、〝おしるこはおかず〟さん。『新コーナーのやすみのお手紙聴きました。やすやすのお手紙、感動しました。言葉のひとつひとつがとても響きます』……」

「…………」

「『やすやすの気持ちがしっかり詰まった、すごくいいお手紙だと思います。夕姫を……』、お、おほん。ごめん。えー……『夕姫を尊敬する気持ちが、すごく伝わりました』」

「前も思ったけど、この人しっとりしたメール送るわよね……」

「『そこで、お手紙をもらった夕姫も、ぜひ感想を言ってほしいです』」

「え、わ、わたし？　か、感想を言うの？　こ、ここで？」

「いや、うん。そ、そう書いてあるけど……、ぜひ感想を、って……」

「ちょ……、ちょっと待ってよ！　そもそも、ＤＶＤのアレのアンサー企画がこれでしょう!?　そ、それは……、それは……ねぇ？　別に言わなくても……」

「…………」

「何か言ってよ！」

to be continued……

鍋パーティの数日後、加賀崎から連絡があった。

結論から言えば、秋空は由美子たちと会うことを了承してくれた。

それはとてもありがたかったが、心配事はある。

トリニティのマネージャーが、秋空が了承したことに驚いていたのだ。

『加賀崎さんのお願いですから、一応、連絡をしましたが……。わたしはきっと応じないと思っていたので、会ってもいいと言われたときはびっくりしました……』

そう加賀崎に言っていたらしい。

そして、会う条件はふたりだけで来ること。

マネージャーやほかの人が同席するのなら、応じないと彼女は告げたらしい。

由美子たちは呑むしかない。

マネージャーの言い分や条件には不安を覚える。加賀崎も気を揉んでいた。

しかし、引き下がるわけにもいかない。

秋空が指定したのは、金曜日の夜。

場所は喫茶店。

会社が終わったあと、帰り道にある店でいいのなら……、とのこと。

言われるがまま、由美子と千佳はその店に待機していた。

どこにでもあるチェーン店で、雰囲気は明るい。流行りの曲のジャズアレンジが流れていて、店内は静かだった。客の数もそれほど多くなく、話をするには適している。

「……そろそろかしら」

千佳はスマホを眺めて、そう呟いた。

時刻は待ち合わせ時間に近付いている。

四人掛けのボックス席で、由美子と千佳は隣同士で座っていた。

なぜ千佳がついてきたのか。彼女の言い分としては、

「わたしだって、桜並木さんと同じユニットなのよ。心配する権利も、行動する権利もあるはずだわ」とのこと。

……その言葉は正直嬉しかったし、隣に千佳がいるのは心強かった。

千佳は学校での格好と変わらないが、由美子は声優のときの姿だ。制服もあまり着崩さず、アクセサリーの類も外している。化粧もナチュラルメイクに留めた。

状況が状況だけに、ただ待っているのは落ち着かない。

スマホを見ながら、千佳に話を振ることにした。

「……あたしたちのラジオ、あれ効果出てるのかな」

先輩声優から「このままじゃ終わる」と言われ、新しい試みをし、その効果を待っている。

ただ、朝加が言うには。

「今のところ、まだ大きな変化はないって言ってたわね」

あれだけ恥ずかしい思いをしたが、現時点では効果覿面！　といった感じではないらしい。

一部の人には響いたようだが、もう一押しが欲しい。必要だ。足りない。

それが反応を見ての、朝加の考えだった。

「……ま。元々わたしたちは、リスナーを騙していたんだから。本音を話したと言っても、そう簡単には信じてもらえないわよ」

「うん……」

確かにそう言われてしまうと、そのとおりなのだが。

何か、できることはないかと考えてしまう。

あの番組が終わってほしくないのは、これ以上ないほどの本音だからだ。

「お待たせしました。ごめんなさい、遅れました」

待ち合わせ時間を少しだけ過ぎたあと、その女性は現れた。

見た瞬間、由美子は「あぁ大人の女性だ」と思った。

薄いグレーのスーツを着た、ミディアムヘアが似合う人だった。下はスカートで、黒いパンプスが映えている。

はっきりした目鼻立ちをしていて、アイラインも若干濃い目だ。かわいい、というよりは格好いい、と言われそうな人だった。メイクもそっち側に寄せている。

かつて見た声優の姿より髪は短く、大人っぽくなっている。

今は眼鏡もかけていた。

けれど、彼女は秋空紅葉その人だ。

声も涼やかで、ラジオで聴いたものと同じだった。

「あ、チョコブラウニー所属の歌種やすみです……！　今日は、わざわざお時間を作って頂いてすみません」

「ブルークラウン所属の夕暮夕陽です。よろしくお願いします」

立ち上がって頭を下げると、秋空は少しだけ目を見開いた。くすりと笑う。

「懐かしいわ、そういうの」と、独り言のように呟いた。

「岡田です。よろしくお願いします」

彼女はそう言って、軽く頭を下げる。

正直なことを言えば、面喰らった。

本名での挨拶もそうだが、その挨拶自体があまりに自然だったからだ。

声優としての挨拶はもう過去のもの。

そう突き付けられた気がした。

なんと言うべきか戸惑っていると、秋空は「あ」と小さく声を上げた。苦笑している。

「トリニティ所属の、秋空紅葉です。こっちの方がいいですね」

少しだけはにかんで、席に着いた。

さっきの挨拶は、別にわざとではないらしい。

どこか冷たい印象があったけれど、思ったよりも感触がやわらかくてほっとする。

とりあえず、店員さんに飲み物を注文した。

店員さんがいなくなってから、よし、とあらかじめ用意した言葉を口にしようとした。

だが、それより先に秋空が口を開く。

「あなた方は、プライベートでもいっしょなんですね。学校が同じだというのは知ってましたけど。パーソナリティの仲がいいと、やりやすいですよね」

「え、あー……、そ、そうですね。まぁ」

否定するのもどうかと思い、曖昧な返事をしてしまう。

声優業界のことを、今でもチェックしているのだろうか？

志半ばで声優をやめた人の中には、どれだけ過去に好きであってもアニメやラジオ、吹替から離れる人がいる。業界を見られなくなるのだ。

彼女の様子からすると、そういった問題はなさそうだった。

「でも、あの身バレはよくないですよ。ちゃんと気を付けた方がいいです。ぞっとしました」

秋空がおしぼりで手を拭きながら、静かな口調で言う。

苦笑いしかできないけれど、その注意も大人や先輩としてのものだ。

こちらを気遣う、ごくごく普通の意見だ。

これは、もしかすると、すんなりと事を運べるのでは……。

乙女の力になってもらえるのではないか、と期待してしまう。

「あのときは大変でした」

千佳が答えるのを皮切りに、由美子も話を広げる。

秋空の表情はあまり変化がないものの、声優のときもそこまで笑わない人だった。

何の気負いもなく質問されるので、そのまま答えたりしていた。

飲み物が運ばれてからも、いくつか世間話を重ね。

由美子はついに切り込んだ。

「ええと、秋空さん。あたしたちのことを知っているってことは、乙女姉さんの今も知っていますか？」

乙女の話題を出した途端、少しだけ空気が緊張したように感じる。

その感覚に反して、秋空はさらりと答えた。

「はい。うちの事務所は、わたしのときから学んでないみたいですね……。残念ながら」

実際に学んでないかと言えば、そうでもない。

秋空の失敗を教訓にしているとは思う。それが、足りていなかっただけだ。

もちろん、そんなことは口に出さない。

代わりに、秋空に尋ねる。

「乙女姉さんが活動休止になったあと、何度か姉さんの家を訪ねたんです。今はもうすっかり塞ぎこんでしまって。『もうこの業界に戻ってこられない』ってずっと怯えてて。情緒も不安定で。……あたしは、秋空さんのことがあったからだと、思うんです」

秋空の視線がこちらをまっすぐに射貫く。

千佳が緊張するのがわかった。同じように、こちらも緊張している。

これはかなり踏み込んだ質問だ。

どんなふうに怒られても、文句は言えない。

言っちゃいけない、と思った。

ぐっと拳を握っていると、秋空はふっと視線を逸らす。

「桜並木さん、そんなふうになってるんだ」

その声だけは、妙に熱っぽく感じた。

しかし、すぐに元の調子に戻ると、眼鏡の位置を直す。

「そうですね。きっとそれは、わたしのせいだと思います。わたしに何があったのか、おふたりは知っているようですが」

頷く。千佳が口を開いた。

「ですが、わたしたちが聞いたのは、あくまで人伝の情報です。推測も大いに混じっている。もしよければ、ご本人からお話を聞きたいのですが」

自分たちは無神経なことをしている。

申し訳なさでいっぱいになるが、それでも必要な過程だった。

千佳が全く物怖じしないせいか、秋空がふっと微笑む。

コーヒーに目を落としながら、「そうですね」と呟いた。

「あまり、この話を人にしたことはなかったかもしれません。面白みのない話ですからね。でも、物好きな後輩が聞いてくれるのでしたら――」

秋空はぽつぽつと語り出した。

ご存じのとおり、わたしと桜並木さんは同じ事務所で同期です。

ですがせいぜい、顔見知りの仕事仲間くらいの関係でしたね。仲良くはないです。

……意図的に避けていた部分もあるんですよ。

今となっては遠い話ですけど、わたしたちは互いに互いを意識していたので。

所属して一年くらいは仕事量も同じくらいでしたし、やっぱり同期でしたし。

いつからか「あぁ負けたくないな」って思って、張り合ってました。

あの子が役を取れば、悔しい。

自分が役を取れば、どうだ、と見せつけたくなる。

……すごく恥ずかしいですけど、ライバル、というか。競い合ってました。
信じられないかもしれませんが、先に売れたのはわたしだったんですよ。
ヒット作に出演して、どんどんと仕事が増えました。
忙しかったです。目が回るような忙しさの中で、でもわたしは安心していました。
桜並木さんと張り合っている間、わたしはずっと焦っていたからです。
何せ、桜並木さんは絶対売れる、って思ってましたから。
その予感は間違ってなかったですね。
だから、一歩リードできたことは嬉しかったです。
すごく、嬉しかった。
ですが、それも長くは続きませんでした。
信じられない量の仕事をさばく日々が、一年ほど続いた頃。
ある日わたしは、ベッドから立ち上がれなくなった……、らしいです。
……曖昧な言い方なのは、当時のことをあんまり覚えてないんですよ。
気付いた頃には入院してましたし、ぼんやりした意識の中での生活だったので。
ストレスが原因だとか、過労のせいだとか……。
病名も含めて言われましたが、それもあまり覚えていません。
今となってはどうでもいい話ですしね。

ただ、喉にポリープができている、と言われたのは覚えています。

「活動休止を発表しましたし、これを機に、一度ゆっくり休みましょう。ポリープも、しっかり治すには時間が掛かります。今まで忙しかった分、ゆっくりと休んでください」

マネージャーからそう言われ、「あぁそういうものなんだ」と思ったのが……、失敗でした。

退院後、ポリープの切除手術をしました。

再発防止のため、手術後も念入りに治療しました。ボイストレーニングにも行きました。

万全の準備をして、復帰しようと言われたからです。

そう何度も活動休止なんてしたくないですからね。当たり前ですけど。

そして、気付けば一年が経っていました。

驚きましたよ。

復帰したら、世界が一変してましたから。

わたしはもう、完全に『消えた声優』扱いをされていました。

わたしが休んでいる間に、わたしの席はたくさんの新人が必死で取り合っていました。

以前はたくさんあったオファーはもちろんなく、レギュラーだったラジオ番組も復活することなく今も休止中です。

ゼロから。

ゼロからです。

わたしが築いたと思っていたものは、すべて崩れ去っていました。

代わりに、問題だけが山積みになりました。

わたしは一年間、たくさん働きました。

けれど、そこで得たお金は活動休止している間に、とっくに食い潰していました。

トリニティは三年目までは新人用のギャラですし、大して稼ぎはなかったんです。

生きるために、アルバイトをします。

学生のおふたりにはピンと来ないかもしれませんが、バイトって突発的に休む人は物凄く嫌われるんですよ。働く場所によりますが、一般的にはそうなんです。

でも声優って、予定が急に埋まることもいっぱいありますよね。

オーディションの数をこなそうとすれば、余計。

働く時間は短く、お金は稼げず、そのうえ休むことも多いから嫌われる。

バイトを休んで受けたオーディションも、落ちればお金を生みません。

デビューしたての頃を思い出しましたが……、それより状況はよっぽどひどかったです。

わたしはもう四年目でしたし……。

突然の活動休止で仕事を大量に飛ばし、信頼がないのも知っていました。

十八歳でデビューしたので、その頃にはもう二十二歳です。

夢見がちで何も知らず、希望だけを見ていた頃なら、耐えられたかもしれませんが。

わたしの心は、もう完全に折れてしまったんです。

「だから、わたしは声優をやめました。今は普通の会社員をして、お給料をもらっています。事務所が声優の扱い方を間違えた。そのことを恨んだ時期もありましたが、一時的でも売れたのは事務所が推してくれたからですし。今はとても穏やかですよ。生活も困っていません」

そう、締め括った。

淡々とした語り口調だったのに、ひとつひとつが胸に刺さる。

彼女が復帰に時間が掛かった理由も、戻ってこられなかった理由も、明白になった。

その現実は質量を持って、由美子の肩にのしかかる。

あれだけ仕事のあった声優が、一度足を踏み外しただけでふりだしに戻った。

いや、マイナスと言っていい。

それに、自分なら耐えられるだろうか。

由美子は今でも仕事は少ない。

でも、千佳に対して強い嫉妬心を抱かなくなったのは、多少は自分に自信がついたからだ。

『幻影機兵ファントム』の経験は、自分の拠り所でもあった。

だけど、それはこうも容易くへし折られてしまうのか。

もし、自分が今からふりだしに戻ったとして。

いや、マイナスになったとして。

ファンはだれも自分のことを覚えておらず、仕事も取りにくくなった世界の中を、それでもまっすぐに歩いていけるだろうか。

恐怖と重圧に押し潰されてしまいそうだった。

「お話ししてくださって、ありがとうございます」

千佳がぺこりと頭を下げる。慌てて、由美子もそれに倣った。

そして、千佳がこちらを一瞥した。

そうだ、ここには目的を持ってやってきたのだ。

それを、果たさなければならない。

「秋空さん。失礼ながら、今日はお願いしたいことがあって、お呼び立てしました。乙女姉さんのことです」

これは賭けだ。

彼女は間違いなく、辛い道筋を辿っている。

それを今、どう思っているのか。

吹っ切れているのか、未だ心に大きな傷として残っているのか。

それは彼女の口から聞くしかない。

もし、秋空の中に傷として残っているのなら、どう罵られようと文句は言えない。

今から、とてもひどいことを言うからだ。

「乙女姉さんに会ってくれませんか。あなたのことがあって、姉さんは声優を続けられるかどうか、本気で恐れています。あたしたちの言葉は、届きませんでした。でも、あなたなら。秋空さんの言葉なら、耳を貸すかもしれません。『大丈夫だよ、心配ないよ』と言って頂くことはできませんか」

「…………」

怒鳴られたり、殴られることはなかった。

彼女はテーブルの上で手を組んだまま、何も言わない。ただ黙って、こちらを見ている。

由美子は、ぎゅっと手に力を込める。既に緊張で手汗まみれだった。

「無神経だと、思います。怒られても、謝ることしかできません。でも、これは。秋空さんにしか頼めないことなんです……」

そう気持ちを伝えるので、精いっぱいだった。

秋空はしばらく黙り込んだあと、ふっと視線を逸らした。

感情の読みにくい声で告げる。

「わたしは、桜並木さんに合わせる顔がない」

はっきりと言った。

怒り出しはしなかったが、決していい答えだとは言えない。

返答に迷っていると、秋空はそのまま話を続けた。

「わたしは、彼女にはもう会えない。逃げ出してしまったから。あの人は待っていてくれたでしょうけど、わたしはついに追いつくことはできなかった……」

目を伏せて、秋空はぽつぽつと呟く。

こちらに言っているわけではないらしく、声量も小さい。

何を言うべきなのか。一生懸命考えるが、答えは出なかった。

由美子が黙っているからか、千佳が言葉を紡ぐ。

「でも、このまま何もしなければ、桜並木さんは本当に動けなくなるかもしれません。協力して頂くことはできませんか」

「…………」

そこで初めて、秋空の目に怒りが宿ったように感じた。

千佳の言ったことは、由美子とさほど変わらない。

だというのに、秋空は明らかに感情的になっていた。

ゆっくりと顔を上げ、秋空は千佳を睨む。

「あなたには、わからない。追いかけられる側の、あなたには」

声に熱はあるが、言葉の意味はわからなかった。

ただ、千佳が秋空の逆鱗に触れたことは伝わる。

しかし、それは一体なんだ？

困惑していると、秋空ははっとした。

軽く頭を振り、眼鏡を押さえながら何かを呟く。

顔を上げたときには、もう怒りを消していた。笑顔を作ろうとしている。

「ごめんなさい。大人げなかったです。いろいろと、思い出してしまって」

「いえ……」

千佳が戸惑いながらも答える。

秋空の笑みはぎこちなく、瞳は冷たい色をたたえていた。

秋空は小さく息を吐き、ゆっくりと話し出す。

「わかりました。正直に言います。わたしが、挫折した理由。先ほどお話ししたことは事実ですが、もうひとつ理由があるんです。桜並木さんのことです」

「姉さんが？」

挫折した理由に、なぜ乙女の名前が挙がる？

由美子がその意味を図りかねていると、彼女はとうとうと続けた。

「わたしが休んでいる間、桜並木さんはどんどん成功していきました。仕事は増え、華々しく前に進んでいました。ですが当時、わたしはそれほど焦りませんでした。むしろ喜んですらいたでしょう。ライバルの成功は、自分が上手くいっているうちは、余裕を持っていられるものです……」

声に陰りが入る。

ぞっとした。仄暗い地の底を覗くような、不安と不気味さを覚える。

彼女の言いたいことが、わかってしまったからだ。

一方、千佳は真面目に聞いているが、その奥の意味までは読み取れていないようだ。

「桜並木さんが前に進んでいる分、わたしもあとで取り返そうと思っていました。今は休んでいるけど、復帰したらすぐに追いついてやろう。すぐに。必ず。そう思っていました。信じて、いました。——きっと桜並木さんも、わたしが追いつくのを待っていたでしょう」

秋空の目は深い色に染まり、感情は何も表していない。

しかし、まっすぐにこちらを見ていた。

千佳ではなく、由美子の目を見ている。

覗き込むような目に、恐怖を覚えた。

もう言わないでくれ。

想像させないでくれ。

心の中で叫んでも、秋空の話は続く。

「わたしは、自分がその場で止まっていると思っていました。桜並木さんが前に進んでも、その差はそれほど大きくない。だから、すぐに追いつける。待っててほしい。そう、思っていました。――ですが、そうじゃないのは、先ほどお話ししたとおりです」

ふりだしなんですよ、と続ける。

「彼女は前に進み、わたしはずっと後ろに戻されました。……遠かった。彼女の背中は、本当に遠い。どうあっても……、どうあっても！　もう、追いつけることはない、と悟ってしまったんです。辛かった。とても。何よりも。もしかしたら、それに耐えきれずに声優から逃げ出したのかもしれません……」

「…………」

その言葉は、由美子の心を容赦なく押し潰した。

先ほどの、彼女が倒れた話よりも恐ろしい。的確で、具体的な恐怖が心臓を摑んでいた。

想像するのも嫌だ。だというのに、いとも簡単に想像できてしまう。

取り残される恐怖。

自分が置いていかれて、相手だけが前に進む恐怖。

何をやっても、何を思っても距離が縮まることはなく、追いつきたいのに距離は離れるばかりで。

背中が遠くなるばかりで。

あぁそうだ、これは千佳にはわからない。

〝追いかけられる側〟の夕暮夕陽には。

秋空は、由美子と千佳の関係を見抜いている。

互いが互いを意識し、ライバルだと思っていることまで知っている。

かつての自分たちを重ねる部分があるのだろう。

それは伝わる。話を聞いていて、似ている部分もあると思う。

そして――、秋空に似ているのは由美子だった。

彼女が乙女の背中を見て、何を思っていたかは手に取るようにわかる。共感する。

それらはすべて、追いつきたいと思って走る由美子と、同じものだからだ。

そして、目の前にいる秋空紅葉という声優は、それを失敗した。

失敗した。

背中が遠すぎて、追いかけることを諦めてしまった。

自分がそうならないと言い切れるか？

ちょっとは自信がついたと思った。ファントムの収録は上手くいった。

けれど、秋空はそれよりもずっと順風満帆で、前を向いて歩いていたのに――転んでしまったのだ。

「――歌種やすみさん。あなたに、そうね。とても無神経なことを訊きます」

突然、名前を呼ばれる。

彼女は由美子だけを見つめ、小さく笑ってみせた。

秋空からすれば、感情的になったことを取り繕い、こちらに気を遣った笑みなんだろう。

きっと千佳は、何も思わない。

けれど、由美子から見れば――、それはとても冷たく、ぞっとするような笑みだった。

「あなたがわたしの立場なら、どう？　できますか？　自分にライバルがいて、その人がずぅっと遠くに行ってしまって。自分はその場で足踏みしているうちに、とっくに追いつけなくなって。やがて追いかけることを、諦めて。その間も、その人は待ってくれているのに、自分だけが逃げ出した」

否が応でも、自分と千佳に置き換えてしまう。

夕暮夕陽はすごい声優だ。それは間違いない。

彼女を追いかけることで、救われることはあった。頑張る活力にもなった。

でも、追いかけることが苦しくなってしまったら。

待ってくれることが重荷になって、すべてを放り出すかもしれなかった。

「相手が遠く遠く、自分が追いかけるのを諦めた遠い場所で、転んだとして。あなたは声を掛けられる？　ずっとずっと遠くから、『大丈夫だよ』って声を張り上げられますか？　自分はとっくに逃げ出したくせに。合わせる顔なんて、もうないっていうのに……」

その声はだれに向けられているか、もうわからなくて。

寂しそうな声が浮かんで消えていった。

「……これくらいで、いいでしょうか」

返事も待たず、秋空は帰り支度を始める。

説得は失敗に終わった。

「できる」と言い切れなかった由美子には、もうどうしようもなかった。

同時に、「あなたにはわからない」と告げられた千佳も、もう何も言わなかった。

しかし、彼女が帰るのならば、とにかくお礼を言わなくてはいけない。

立ち上がって挨拶しようとすると、秋空がさらりと伝票を手に取るので、それどころではなくなってしまった。

「あ、秋空さん！　い、いいです、こちらがお呼びしたんですから、支払いはこっちが……」

「高校生に払わせるなんて、勘弁してください。もうやめたとはいえ、わたしは先輩でもあるんですよ。それに、あなたたちよりはもらっていますから」

秋空は自身のスーツを引っ張って見せる。茶目っ気のある仕草だった。

何から言うべきか迷っていると、彼女は「それでは」と立ち去ろうとする。

そこで、あっ、と大声が出た。

「ま、待ってください。これだけ渡すようにマネージャーさんから言われていたんです」

急いで鞄から取り出し、彼女に手渡した。

秋空はそれを見て、眉根を寄せる。

彼女に渡したのは、桜並木乙女のライブチケットだった。

「……中止しないんですか、これ」

「今のところは、開催予定みたいです。姉さんの調子次第でしょうけど」

「…………」

渋い顔をしていたが、結局、秋空は鞄の中に無造作に突っ込んだ。

来てくれるのか、と期待したが、彼女はため息まじりで答える。

「行かない、とあなたに突っ返しても、困るのは歌種さんですから」

それだけ言って、彼女は背中を向けた。慌てて、お礼の言葉を述べる。

秋空が見えなくなってから、ぽすん、と椅子に座り込んだ。

しばらく放心していると、千佳がぽつりと言う。

「……いい人だったわね、すごく」

頷くことしかできない。

本来なら突っぱねて然るべきところに、わざわざ足を運んでくれた。

好き勝手に傷をえぐる後輩たちに、多少感情的になっても、やさしく対応してくれた。

大人っぽく、そしていい人だった。

それがまた辛くなる。

あんなにいい人で、実力もあったはずなのに、業界から去らざるを得なくなったこと。

悪者がだれもいないのに、苦しくて仕方がない今の状況が。


「…………」


「由美子ー、次、移動教室だよー？　いこーー？」

肩をぽんぽんと叩かれ、はっと顔を上げる。

若菜がこちらの顔を覗き込んでいた。

どうやら、席に着いたままぼうっとしていたらしい。

ほかのクラスメイトも教科書や筆記用具を持って、教室から出ていくのが見えた。

「ごめん、すぐ行く」

急いで授業の準備をして、若菜といっしょに廊下へ出た。

休み時間の廊下は騒がしいが、その喧騒がどこか遠くに聞こえる。

そのせいか、若菜の声が妙にはっきりと聞こえた。

「何か、考え事？」

「うん……、まぁ」

どうも、若菜にはすぐ見抜かれてしまう。

若菜に相談し、意見が欲しいとは思う。けれど、この気持ちはどうにも複雑だ。

上手く言語化できるとは思えなかった。

だから、単純な質問をぶつけてみる。

「若菜さぁ。あたしが遠くに行っちゃったら、寂しい？」

「え、なにそれ！　由美子、どっか行っちゃうの⁉　仕事⁉　転校⁉」

思った以上に食いつかれ、慌てて否定する。

「ち、違う違う。あたしのことじゃなくてさ。仕事でそういう人の話になっただけで、深い意味はないんだけど」

「なんだ、そっかぁー……」

ほーっと胸を撫で下ろす若菜。

そして、ゆっくりと小首を傾げた。

「そりゃ寂しいでしょ。いっしょにいた友達がいなくなったら、だれだって寂しいよ」

「そうだよねぇ……」

寂しい。それは当然だ。由美子だって、若菜が急にいなくなったら、絶対に寂しい。

けれど、それは若菜が友達だからだ。

乙女と秋空、由美子と千佳ではまた話が違ってくる。

違ってはくるけれど……。

「寂しい……」

その気持ち自体は、根本に眠っている……、と思う。

複雑な気持ちを取っ払っていけば、奥底にはきっと残っている。

乙女が今の秋空のことをどう思っているか、それはわからない。

けれど、乙女からすれば、彼女は人知れず遠くに行ってしまった存在だ。

寂しい、と思っているかもしれない。

けれど、乙女が寂しいと思ったところで、きっと秋空に会いに行くことはできない。

秋空も会えないと言っていた。

ならば、その寂しいという気持ちは、どこにも行くことはできないのだろう。


その日の放課後、乙女の家に立ち寄った。

場合によっては、秋空と会ったことを伝えた方がいいか、と思ったのだ。

けれど、彼女の様子を見たらとても言い出せなかった。

「……姉さん、ご飯食べてる？　また、痩せたように見えるけど」

「うーん……。ちょっと食欲なくて。食べなきゃダメだなぁとは思ってるんだけど、お腹減らなくて」

パジャマのままベッドに座る乙女は、以前より明らかに痩せている。

今の乙女は、前のように激しく取り乱すことはない。

ただ、活力が抜け落ちていた。

見ているこちらがぽかぽかするような、温かい笑顔も今は弱々しい。

あの明るい彼女はどこにいったのか。

そう思うほど、気力も、笑顔も、すべてが不安で塗り潰されていた。

『最近、怖い夢ばかり見るんだ。現場に行ったら、『どなたですか？』って訊かれる夢。ライブに出ても、客席にだれもいない夢。自分の芸名が、思い出せなくなる夢……、そんな夢、ばっかり』

そんなことを暗い顔で言っていた。

不安が夢に影響するのは、由美子も経験したことがある。

オーディションに落ち続けていたときは、千佳と乙女に声が届かず、そのまま自分が消えていく夢を見た。

乙女が持つ不安は、そのときの由美子とは比べものにならない。

暗い部屋で一日をぼんやり過ごし、眠っても夢の中で現実に追われる。

不安で押し潰されそうになっても、彼女ができるのは休むことだけ。

「姉さん、散歩にでも行こうよ。ずっと部屋に閉じこもっていても、気が滅入るしさ」

「うん……、ありがとう。でもごめん。今、お仕事を休んでいるわけだし、遊びに行くのは気が引けるから……」

そこはきっぱり断られる。

乙女の真面目さが招いた現状だが、その真面目さに再び縛られている。

彼女は最低限の外出しかしていない。そんな状況で、気分が上向くはずもなかった。

この状況で救いがあるとすれば、それは。

「まぁでも、姉さんライブの練習はしてるから、運動はしてるもんね」

殊更に明るく言った。

すがれるとしたら、そこだ。

今のところ、事務所からライブの中止は宣言されていない。

活動休止をライブで解き、復帰ライブにする予定だと聞いた。

早くに復帰できるのなら、それに越したことはない。

復帰ライブは、乙女にとっても拠り所だったはずだ。

しかし、今日の乙女は様子が違った。

普段は、「そうだね」と弱々しくも笑ってくれるのだ。

けれど、今日の彼女は膝を抱え、顔を隠してしまう。震える声で言うのだ。

「復帰できるのかな……、わたし……」

こちらが苦しくなるような声で、言葉を並べる。

「みんな待っててくれるのかな……、ライブ来てくれるのかな……。スタッフさんは？　仕事を飛ばしたわたしを、受け入れてくれる……？　あなたはもういいですって、そんなふうに言われないかな……」

「………………」

彼女の不安は、日に日に大きくなっている。

その不安は当然とも言えた。彼女は、仕事を飛ばしているのだ。

みっちりと詰まっていた仕事を、すべてキャンセルした。

かけた迷惑は、本当に計りしれない。

ファンのことはおそらく、心配ないとは思う。受け入れてくれるはずだ。

けれど、仕事に関してはわからない。

何を言っても、気休めにしかならない。

仕事先に対する不安はどんどん大きくなり、それが「本当にファンは受け入れてくれるのか？」という不安と混ざり合い、そのどちらにも怯えるようになっていた。

『桜並木さんの体調は、もう快復しています。疲れは取れています。お医者さんには問題ないと言われました。ずっと行けなかった人間ドックも受けましたし、結果も問題ありません』

マネージャーの水戸の話を思い出す。

彼女は、乙女の身体はすっかり本調子だと言っていた。

しかし、いいニュースであるはずなのに、それを由美子に伝える水戸の顔は暗かった。

『……ですが、本当に復帰ライブができるかはわかりません。ライブのあとも、仕事は入れていません。彼女の問題は身体ではなく、既に心の問題です。彼女の心が健康じゃないのなら、復帰はできません』

乙女本人に言ってはいないが、事務所ではそう決まったそうだ。

それも仕方がないと思う。彼女は確実に心が弱っている。不安に呑まれている。

この状態で以前と同じように仕事ができるとは思えないし、万が一、また活動休止になってしまえば、今度こそ致命的だ。

かといって、乙女が元気になる方法なんて、ひとつしか思い浮かばない。

『わたしは、桜並木さんに合わせる顔がない』

秋空が乙女と話してくれれば、彼女の心の負担は軽くなるのではないか。

少しでも、いい方向に向かうのではないか。

けれど。

『相手が遠く遠く、自分が追いかけるのを諦めた遠い場所で、転んだとして。あなたは声を掛けられる？　ずっとずっと遠くから、『大丈夫だよ』って声を張り上げられますか？　自分はとっくに逃げ出したくせに。合わせる顔なんて、もうないっていうのに……』

秋空(あきそら)の声が頭の中に響く。

それは呪いのように、ずっと由美子(ゆみこ)の中に残っていた。

由美子(ゆみこ)にしか理解できないからこそ、彼女は由美子(ゆみこ)だけに言ったのだ。

いつか。

いつか、千佳(ちか)がずっとずっと先に行ってしまって、でも自分はその場で足踏みしていて。

いつの間にか、「追いついてやるからな」っていう気概はなくなって。

追いかけることを諦めたとき、自分は千佳(ちか)に会えるだろうか。

顔向けできるだろうか。

きっと、千佳(ちか)はどれだけ遠くに進もうが、待っていてくれるはずなのに。

NOW ON AIR!! 第51回

「皆さん、おはようございます。歌種やすみです」

「すみません、また〝やすみのお手紙〟のコーナーです。申し訳ないんですが、ちょっと一人喋りに付き合ってもらっていいですか。多分もう、二度とやんないんで」

「ただ、今回のお手紙の宛先はユウではないんです。さらに言えば、お手紙でもありません。でも、今から語るのは、あたしとユウの話です」

「あたしが、『ユウをどう思っているか』についてです」

「あたしがあいつを意識しているのは、前のお手紙でお伝えできたと思います。でも、ある人にこう言われました」

「『もし、あなたが声優をやめても、夕暮夕陽を応援できるか』」

「意識してるだの、ライバルだの、あたしはあいつに並々ならぬ感情を抱いています。でも、それはあくまで自身が声優であるから、言えることです」

「もし、自分が声優じゃなくなったあと、それでも彼女を応援できるか」

「声優じゃないあたしと、声優として成功し続けた夕暮夕陽」

「そうなってもなお、あたしは……、夕暮夕陽に会えるのか。それを問われました」

「ごめんなさい、聴いている人からすれば、何のこっちゃって感じだと思います」

「ちょっといろいろありまして。どうしても、答えを出さなきゃいけなかったんですよ。『わからない』はなしの、本当に大事な問いだったんです」

「だから、じっくり考えたんです。ちゃんと想像して、考えて」

「どんなふうになるだろう、あたしはどう思うだろう。その状況で、あたしはどうするんだろうって、考えて」

「ずっとずっと考えて、『応援できるのか』という問いに、ようやく答えが出ました」

「無理でした」

「あたしは、きっと応援できません。会えません。メディアで夕暮夕陽を見ることさえできないと思います」

「胸が物凄くざわざわして、落ち着かなくて、悔しくて、どうしようもなくて――」

「きっと、あいつの前から逃げ出してしまうと思います。そしてきっと、あいつの方を見ないようにして、気持ちに蓋をして、封印するんじゃないか。そう思いました」

「ほかの声優さんには、全くそんな気持ちは抱かないんですけどね。あー、全くは嘘か。吹っ切れるまでには、時間掛かるかも。あはは」

「ただ、そうですね。夕暮夕陽は、あたしにとって――」

to be continued……

その夜、由美子は夢を見た。

秋空のように、声優をやめてしまった夢だ。

人気が出ないまま、鳴かず飛ばずで芸歴を重ね、徐々に現実が迫ってくる。

最初のうちは必死で抗って、苦しみにのたうち回るけど、鋭い痛みが徐々に弱まってくる。

時間をかけて現実を飲み込むようになり、諦める心構えを作っていく。

そして、ある日、はぁと大きくため息を吐くのだ。

「無理だったかぁ」と。

やめたあとは、母のスナックを手伝っていた。

お客さんといっしょに笑い合いながら、

「あたし、前は声優やってたんだよー。有名な作品にも出たんだから」と話すのだ。

神代アニメに出られたことを、いい思い出にして生きていく。

たまには乙女や加賀崎がお客さんとして来てくれて。

「どうなの、最近」

そんな話をしながら、明るくお酒を飲むのだ。

だけど、それでも。

たとえ、声優だったことをいい思い出として語れる日が来ても。

きっと、夕暮夕陽だけは見られない。

彼女が出る作品も、彼女自身も、声だって聴きたくない。

夕暮夕陽の姿は追えない。追いたくない。見てはいけない。見るべきじゃない、と思う。

会えない。

だって、合わせる顔がないから。

千佳に、合わせる顔なんてない。

「実はな、由美子。お前にお願いがあるんだ。夕暮夕陽のことだよ。それがさ――」

やめろ。

聞きたくない。やめてくれ。

耳を塞ぎ、目を瞑り、心に蓋をして吠え続ける。

関係ない、関係ない、関係ない！　知らない！　知らない知らない知らない知らない！

お願いだから、やめてよ――……っ！


「…………」

由美子は、ベッドから起き上がる。

カーテン越しに月光が真っ暗な部屋を照らしていた。

まだ、真夜中だ。

ドッドッド、と鼓動が速まり、胸に手をやる。激しく上下して、息まで荒い。

額に触れると、じわりと汗が滲んでいた。

「嫌な夢……」

そう呟いてから、熱い息を吐く。

そして、自嘲気味に笑った。

「嫌な夢って……、自分は人に押し付けておいて……」

改めて、秋空はいい人だと思った。

想像するだけで苦しくなる状況で、彼女は見ず知らずの後輩によくしてくれた。

「…………」

漏れてくる月の光を見つめ、目を瞑る。

今日はしばらく、眠れそうになかった。


第51回の収録を終えた翌日、由美子はひとりで店の前に立っていた。

秋空と話をした、喫茶店の前だ。

時刻は夜に差し掛かり、辺りは暗い。

喫茶店の光と街灯だけが道を照らしている。

雨がざあざあと降っているせいで、もう春なのに肌寒く感じた。

天気が悪いせいで人通りは少なく、静かだ。雨音しか聞こえない。

どれくらい待っただろう。

通行人が少ないおかげで、その人はすぐに見つかった。

そして、その人もこちらに気が付く。

「あなた……、どうして？」

怪訝そうに口を開くのは、スーツ姿の秋空だ。

片手には傘、もう片方には鞄を下げている。会社帰りだろう。

待ち伏せをしていた由美子に対し、不審そうな目を上から下に向けてきた。

「すみません、秋空さん。ここ、会社の帰り道って言ってたんで、失礼を承知で待ってました。ごめんなさい」

ぺこりと頭を下げる。

秋空の表情は曇ったままだ。気まずそうに視線を逸らす。

「……悪いけれど。何度来られても、わたしは協力できませんよ」

どうやら、乙女に会うよう説得しに来たと思われたらしい。

慌てて、手を振った。

「あぁ、そうじゃないんです。すみません、誤解させました。今日は、お願いじゃなくて謝ろうと思って来たんです」

「…………？」

彼女は不思議そうにしている。

あまり時間を取らせるのも申し訳ない。

早速、本題に入った。

「この前、秋空さんは言ってましたよね。あたしたちがお願いしたことに、『あなたがわたしの立場なら、できますか？』って。で、ずっと考えていたんです。考えたら考えるほど――、あたしには、無理だって思いました」

自分自身に呆れて、思わず笑ってしまう。

「――――」

しかし、秋空は表情を緩めることなく、むしろ硬くしていた。

無言のまま固まっている。

なので、話を進めることにした。

「どれだけ考えても、結果は同じでした。あたしには無理です。とてもできない。自分にできないことを、人にお願いしちゃダメですよね。無茶なお願いをしたこと、謝ろうと思って今日は来たんです」

そこで傘の柄を握り直し、深々と頭を下げる。

「──無理を言って、すみませんでした」

「……………………」

頭を上げても、秋空は黙ったままだった。

辛そうに唇を噛み、ぎゅうっと眉根を寄せている。

こちらを見る目は、何かに耐えるようだった。

「……わたしは、そんなつもりで……、いえ……」

秋空は何かを言いかけたが、結局ちゃんと言葉にすることはなかった。

苦しげに目を伏せてしまう。

……こんな表情をさせたいわけじゃなかった。

こちらが間違っていた、あなたが正しかった。だから謝りに来た。

ただ、それだけのはずだったのに。

彼女が気まずそうに目を逸らすものだから、由美子は慌てて言葉を紡ぐ。

「いや、まぁ。その。あー、よかったら今度、あたしたちのラジオを聴いてくれませんか。実は、それも謝りたくて」

「……どういうこと？」

由美子の突拍子もない言葉に、秋空は顔を上げる。

「ええとですね……、今あたしたち、『夕陽とやすみのコーコーセーラジオ！』って番組やってるんですけど、そこで一人喋りのコーナーがあってですね」

言葉を間違えないよう、整理しながら話す。

「そこで、ユウに対する思いをあたしが言う……、ってコーナーがあるんですよ。って言っても、まだ二回目なんですけど。それで、前言われたことを話したんです」

「前の話って……」

「あ、秋空さんの名前は出してませんよ！　乙女姉さんも！　ふ、ふたりが関わってる話だとわからないようにしてるので、そこは安心してください」

ここを誤解されると、本当にまずい。しっかりと念押しした。

幸い、彼女はそこを心配していたわけではないようで、目で話の続きを促してくる。

「えっと、ある人に、『自分が声優をやめてもユウを応援できるのか』と訊かれた。それで考えた……、っていう話をしました。この気持ちは、きちんと言葉にしたかったから。リスナーにも、ユウにも聴いてもらいたかった。まぁ、すっごい恥ずかしかったですけど。……ユウはきっと、あたしや秋空さんの気持ちは、言葉にしなきゃわからないだろうから」

そこで、小さく息を吐く。

「でも、秋空さんの話を勝手にしたのは事実だから。そこは謝りたいと思ったんです」

「……それは、別に構わないです。名前を出していないのなら。でも、なぜそれでわたしにラジオを聴け、と？」

警戒している様子で、秋空は問いかけてくる。

そこまで用心しなくてもいいと思うが、この状況なら仕方ないかもしれない。

せめて、笑みを浮かべた。

「まず、秋空さんの話をしたけど、秋空さんたちのことは言ってないっていう証拠と……、あと、そこでなら、あたしがユウへの気持ちを正直に語っているので。さっきした話の……、詳細っていうか。さすがにもう一度するには、恥ずかしい話なので。長いし」

秋空は首をわずかに傾ける。あまり、伝わってないのかもしれない。

でも、ここは別に重要ではなかった。

聴く、聴かないは彼女の自由だし、これはあくまでおまけだ。

既にかなり時間を取っている。彼女は仕事帰りだし、伝えたいことは伝えた。

ここで話を切り上げる。

「伝えたかったのは、それだけで。謝りたかったんです。こんなふうに待ち伏せして、申し訳ないとは思うんですけど……。ええと、それも含めて、すみませんでした。お時間をまた取らせて。それでは、失礼します」

ぺこり、と頭を下げる。

顔を上げても、秋空はやはり何も言わなかった。

思い詰めた顔で、こちらを見ている。

待っていても、返事はなさそうだ。仕方なく、くるりと背を向けた。

「――あ、そうだ」

そこで思い出した。

用事をすべて終わらせたからだろう。

言わなきゃいけないことではなく、言いたいことを思い出したのだ。

振り返って、笑顔で言った。

「『ただすぐ』観てました。あのときの秋空さんの演技、すごく好きです」

「――――」

彼女は目を見開き、こちらをただ見つめていた。

身体は硬直していて、何も言ってはくれない。

もしかして、まずいことを言っただろうか。

しかし、ここで謝るのもおかしいと思い、ぺこりと会釈をして、今度こそ立ち去る。

振り返らなかったので、彼女がどうしたのかはわからない。

ただ、冷たい雨が傘にぶつかって音を立てていた。

秋空紅葉は、部屋に帰ってから着替えもせずにパソコンを起動した。

考えるな。

考えるな。

さっきから、何度も繰り返している。

歌種やすみの声がいくつも重なり、考えたくないことが頭の中に響いている。

声優だったのはもう過去の話だ。

桜並木乙女がどうなろうと、関係がない。関係ない。会いたくない。何も言えない。

だって、どんな顔をして会えというのだ。

とっくの昔に、彼女の期待も、気持ちも、願いも、すべて裏切ってきたというのに。

それを見ないふりして、「あぁ、彼女は頑張ってるんだな。すごいな」と嘯いていた。

だというのに、まだこっちを見ているのか。

見ないでくれ。

お願いだから。

「…………………」

カタカタ、とキーボードを叩く。

検索をすると、すぐに『夕陽とやすみのコーコーセーラジオ！』の配信ページに繋がった。

素直に考えれば、聴かない方がいいと思う。

聴いたところでどうなる。

むしろ、今よりも苦しくなる気さえする。

だけど――、歌種やすみが、どんな気持ちになるのか、知りたかった。

手を伸ばしても全く届かない場所に相手が行ってしまい、遠くなる背中をただ見つめる。

立ち止まって、見つめるだけ。

その感覚は、きっと彼女ならわかるはずだ。

だからこそ、自分はあのふたりに会おうと思ったのだから。


『――あたしは、きっと応援できません。会えません。メディアで夕暮夕陽を見ることさえできないと思います』

『胸が物凄くざわざわして、落ち着かなくて、悔しくて、どうしようもなくて――』

『きっと、あいつの前から逃げ出してしまうと思います。そしてきっと、あいつの方を見ないようにして、気持ちに蓋をして、封印するんじゃないか。そう思いました』

『ほかの声優さんには、全くそんな気持ちは抱かないんですけどね。あー、全くは嘘か。吹っ切れるまでには、時間掛かるかも。あはは』

歌種やすみの声が、イヤホンから聴こえてくる。

先ほど彼女が語ったことと、そう変わらない。

秋空と同じ立場になったとき、彼女は夕暮夕陽を救うことはできない。

それどころか、夕暮夕陽を見ることも、声を聴くことさえできない。

今ではある程度は割り切っている秋空だが、歌種やすみの気持ちはよくわかった。

かつては自分もそうだった。

彼女が言うような感情に支配されていた。

ただ、それらは思い出しても辛くなることばかりだ。

自分から古傷をえぐるのも嫌になり、これ以上はもういいだろう、と判断する。

だから、そっとイヤホンを外そうとして。

『ただ、そうですね。夕暮夕陽は、あたしにとって——やっぱり特別なんだと思います。そのことだけは……、忘れたくないなって思いますね』

その言葉に、手を止めた。

イヤホンに指を掛けたまま、固まる。

『もちろん、嫌な記憶になると思いますよ。すっごく嫌だと思う。でも、あたしが今、どうにか踏ん張っているのは、こうしていられるのは、やっぱり夕暮夕陽がいるからなんです』

『目標でいてくれたから、そして、隣にいてくれたから。あいつに対しての、熱も、想いも、葛藤も、忘れたくない。それだけは、なかったことにはしたくない』

『うん……、なかったことには、したくないな』

『それを含めての、あたしの声優としての人生だと思うから』

『ただまぁ……、やっぱり応援はできないんだろうな、って思います。そこだけは、うん。割り切れないかなぁ……』

──あぁ。

そうだ。そうだった。

なぜ、見て見ぬふりをしていたんだろう。

後輩たちに、達観したように見せて、割り切ったように見せて。

自分はもう何も気にしてないよ、なんて顔をして。

それらは全部──、蓋をして、見ないようにしていただけだ。

自分の感情を、なかったことに、してしまった。

どうしても、どうしても、乙女への想いは割り切れないから。

だけど、このままじゃ苦しすぎるから。

なかったことにしたんだ。

だけど、それは。

声優だった自分への、否定ではないか。

「わたしは……、わたしの、声優としての人生は……。桜並木さんが、いてくれたから……」

顔を伏せたせいで、その呟きはどこにもいかずに消えていった。


桜並木乙女のソロライブ。

事務所の判断は、中止しない。開催決定だった。

ここで活動休止を明けて、復帰ライブとする。

しかし、マネージャーの水戸が言ったとおり、これで完全復帰できるかはわからない。

ライブで問題があると判断されれば、復帰は遠のく。

ライブ後の仕事も、まだ入れていないのだという。

これから元通りに仕事ができるかどうかは、ライブでの乙女次第だった。

そして、復帰ライブ当日。

由美子は、乙女や水戸といっしょに朝から会場入りしていた。

水戸が付き添うことを許してくれたのだ。むしろ、水戸からは大歓迎された。

それくらい、まだ乙女は精神的に不安定だ。

マネージャーといっしょに、ゲネプロも客席から観た。
ダンスも歌も、全く問題はない。
レッスンを多く行い、身体も休めていただけに、むしろ普段よりダンスのキレも歌の伸びもよかった。パフォーマンスは最高だった。

……けれど、問題はそこではない。

未だ、乙女は不安を克服できないでいた。

開場まであと数十分……、というところでも、乙女は楽屋で青い顔をして座っている。

口元に手を当てたまま、動かなかった。

視線だけが落ち着きなく、きょろきょろしている。

見れば、手は小刻みに震えていた。

自分は受け入れてもらえないのではないか。

その恐怖に憑りつかれたまま、感情が不安に支配されている。

「桜並木さん。リハどおりやるだけです。何も心配することはありません」

「わかってる……、わかってるよ、大丈夫……」

水戸が励まし、それに乙女が返事をする。

会場入りしてから、何度も聞いたやりとりだった。

楽屋は広いし、乙女も華やかな衣装に身を包んでいる。

普段のライブなら、挨拶をしに来た関係者、ほかのスタッフで賑(にぎ)やかな楽屋も、今はふたりの声しか聞こえない。

余裕がないから、とほかの人は立ち入りを遠慮してもらったそうだ。

活動休止もあって、関係者用のライブチケットもほとんど配っていないらしい。

チケットを持っていて、楽屋に挨拶に来そうなのは千佳(ちか)と——秋空紅葉(あきそらもみじ)くらいだった。

彼女は、やはり来ない。

あのときの宣言どおり、顔を合わせるつもりはないのだろう。

……秋空(あきそら)のことを考えると、落ち着かなくなる。

少し、外の様子を見てくることにした。

「姉さん、ちょっと出てくるね」

外を指差し、乙女(おとめ)に確認を取る。

彼女は青い顔で、「いってらっしゃい」と弱々しく笑った。

楽屋から出ると、思わず息を吐く。鼻が震えて、少しだけ涙が出た。

それを拭って、外に向かう。

あれで本当にきちんとライブができるのか。

とてもそうは思えない。

ステージの袖で動けなくなったり、お客さんの前で固まる姿が容易く想像できた。

すがるような思いで、由美子は裏口から外に出る。

入口へ回ると、たくさんのファンが集まっていた。

エントランス付近は完全に人だかりになっており、列を成してゆっくりと動いている。

本当にこれだけの人が、会場に入るのか？　というくらい人が溢れていた。

既に開場の時間になっていたようで、お客さんはチケットを取り出し、スタッフのチェックを受けている。どんどん会場の中に吸い込まれていった。

皆、楽しそうだ。

笑顔になり、楽しげに周りと話している。

だれもが熱っぽく、今からのライブに期待をしている。熱気がこちらにまで伝わってきた。

「すごいなぁ、姉さんは……」

その光景を見て、ひとり呟く。

これだけのお客さんを、たったひとりで熱狂させるのだから。

もうお客さんに頼るしかないだろうか。

彼らの声援は、時にとてつもない力になる。あれほど頼りになるものはない。

だけど、今回ばかりはそれが重荷になるかもしれない。

「がんばれー」という声は、時に人を追い詰めてしまう。

「…………」

もし、言葉で救えるとしたら、それは。

この人だかりのどこにもいないだろう、あの女性の言葉だけだった。

たくさんのファンの光景を目に焼き付けたあと、裏口に戻る。

せめて、乙女に「みんな楽しみにしているよ」と伝えようとしたのだ。

「あれ。渡辺？」

千佳が裏口の近くでうろうろしていた。

彼女は振り返ると、「あぁ佐藤」とそっけなく言う。

「どったの、こんなところで。入ればいいじゃん。チケットあるでしょ？」

「あるけれど。少し用があるから。わたしのことは気にしないでいいわ」

「ふうん……？」

千佳が何を考えているかわからないが、あまり気にしている余裕もない。

開演時間も迫っているし、千佳を置いて楽屋に向かった。

「姉さん！　お客さん、いっぱいだったよー！　みんなすごい楽しそうだった！　姉さんのこと待ってるって！」

明るい声で乙女に伝える。

水戸は席を外していた。広い楽屋に、顔を真っ青にした乙女だけが残っている。

彼女はこちらを見ると、痛々しいくらいに薄い笑みを浮かべた。

「うん……、よかった……。お客さんが、いてくれて」

全く嬉しそうではない。会場の外はあんなにも熱があるのに、ここは海の底のようだ。

冷たく、暗い。

何を言っても、自分の声が届かないことを悟ってしまった。無力であることを思い知る。

もう、きっと乙女には伝わらない。

結局、何もできなかった。

それを思い知った瞬間、身体が勝手に動く。

彼女のためではなく、完全に自分のために乙女を抱きしめていた。

腕を回しても彼女の身体は緊張で硬く、冷たい。

それが余計、胸を締め付ける。

「や、やすみちゃん……、どうしたの……？」

耳元で戸惑った声が聞こえる。構わず、強く抱きしめた。

力を込めないと、こちらが泣いてしまいそうだった。

「ごめん、姉さん……。あたし、少しも姉さんの力になれなかった……。何も返せなかった。

ごめん……」

自分の気持ちを伝える。

謝ったところで、彼女が楽になるわけではない。

それでも、言わずにはいられなかった。

表情は見えないけれど、耳元ではっ、と息が震える。

されるがままだった乙女が、抱きしめ返してきた。

こちらの肩に顔を埋め、泣き出しそうな声で言う。

「ううん、そんなことない……。やすみちゃんがいてくれて、よかった。ずっとずっと、ありがとうって思ってる。ダメな先輩で、本当にごめん……、ごめんね……」

その声で、本当に泣きそうになる。

ぐっと堪えて身体を離すと、乙女の顔に少しだけ生気が戻ったように感じた。

「わたし、頑張るから……。やすみちゃん、見てて」

「……わかった、見てるから」

そう返事するものの、悟った。

あぁやはり。

自分が何を言ったところでダメなのだ。

乙女の気持ちは動いただろう。

後輩の前で頑張らなきゃ、という気概は感じる。頑張ってくれようとしている。

しかし、彼女の不安を軽くさせることは、なかった。

どうしても、無理だ。

そこで、こんこん、とノックが聞こえる。

ほんの少しだけ元気になった声で、乙女が「はい」と返事をした。

扉を開けたのは、千佳だ。

彼女は部屋に入ることなく、その場に佇んでいる。

「？　なに、どうしたの」

なぜか入ってこない千佳に、問いかける。

すると、彼女は視線をふいと横にずらした。そのまま口を開く。

「わたしもいろいろと考えた。『あなたにはわからない』と言われて無性に悔しかったし。わたしをよく知りもしないで、って正直思ったわ。だから、一生懸命考えた。佐藤に言われたことも、含めて。……確かにわたしは、『追う側』ではないでしょうよ」

「………？」

「でも、それは今のところは、ってだけ。たまたま『追う側』になっていないだけで、いつそうなってもおかしくない。わたしはそう思っている。ずっと、ずっと。そうならないように、努力はし続けるけれど。――だから、ちゃんと秋空さんの気持ちだってわかるの」

彼女は淡々と話し続けるが、何の話かわからない。

以前、秋空に言われたことを、なぜ今、ここで言う必要があるのだろう。

そこで、千佳の手が不自然に差し出されていることに気付いた。

まるで、何かを摑んでいるみたいだ。

「――わたしが秋空さんなら。会場までは来られても、入る勇気は出ないかもって思ったの」

そう言って、手を引っ張った。

すると、手を引かれた人物が力なく現れる。

そこに立っていたのは、秋空紅葉その人だった。

「紅葉、ちゃん」

乙女がガタッと立ち上がる。

信じられない、といった様子で目を見開いていた。

秋空は前に会ったときと同じ、スーツを着ている。

しかし、表情はあのときと違い、気まずそうに視線をうろうろさせていた。

「わたし、やっぱり……」

扉を振り返り、逃げ出そうとする。

しかし、千佳が彼女の背中を押して、部屋の扉まで閉めてしまった。

それで、秋空は観念したように手をぎゅっと握る。

顔をしっかりと上げて、乙女と目を合わせた。

目が、合った。

沈黙は長い。ふたりとも、なかなか口を開かなかった。

だけど、それは気まずいとか。言葉に迷っている、だとか。

そういうものではなくて。

ほかの人にはわからない、ふたりだけに伝わる何かがあるのだと、由美子は感じた。

秋空はぎゅっと目を瞑ったあと、詰まりながらも口を開く。

「桜並木、さん。わたしは、あなたに。しなきゃいけない話がある」

喫茶店で見せたような、クールな表情はどこにもない。

こぼれ落ちる声も、必死で、熱っぽい。

大人っぽい雰囲気は完全に消え失せていた。

「わたしも……。わたしも。話したいことが、あるよ」

乙女は、静かに涙を流していた。

その涙は止まることなく、ただはらはらと落ちていく。

しかし、泣きながらでも、切なさを含んだものでも――、笑って、見せたのだ。

彼女の本当の笑顔は――、とても、久しぶりに見た。

お互いが歩み寄るのを見届けたあと、由美子と千佳はそっと楽屋から立ち去った。

『みんな――っ！　今日は、本当に本当に、来てくれてありがと――――っ！　みんな、大好

きだよ――――っ！』

ステージ上の乙女が叫ぶと、観客席がドカンと沸いた。

もはや轟音と言ってもいい歓声と拍手に包まれながら、乙女は袖にはけていく。

びっくりするほど可愛らしい笑顔を客席に向け、最後までぶんぶんと手を振っていた。

いなくなってからも興奮冷めやらぬ会場に、由美子は思わず笑ってしまう。

「姉さん、やっぱすげー」

その呟きは、隣の千佳にさえ聞こえなかっただろう。あまりにも歓声が激しい。

『本日の公演はすべて終了いたしました……、お気をつけてお帰りください……』

さすがに終了のアナウンスが流れると、客席の熱も引いてくる。

自分の内に熱を閉じ込めて、これから仲間やネット上でその熱い想いを語るのだろう。

満足そうに、そして興奮しながら外に向かうファンの顔を見て、「こんな顔させたいなー」

と由美子は思った。

あまりにも圧巻なライブを見たせいか、それともファンの顔を見ていたいのか。

もしくは、単に力が抜けたのか。

由美子はすぐには立ち上がろうとしなかった。ぼうっと客席にとどまっている。

「どうかしたの」

千佳はその感傷に付き合ってくれるらしい。こちらの顔を覗き込んできた。

「…………」

まさか、千佳が秋空を連れて来るとは思わなかった。

今日のライブが輝かしい結果に終わったのは、秋空がいたからだ。

秋空が必要だった。

その最後のピースをはめたのが、千佳だ。

千佳がいなければ、きっと秋空は楽屋まで辿り着けなかっただろう。

別にそれを悔しいとは思わない。

ただ。

どうかしたの、と訊かれれば。

「べっつにー。あたしじゃ姉さんを立ち直らせることはできなかったなー、って思ってただけだよ」

前の席にもう人はいないので、座席にもたれかかる。

愚痴に寂しさを混ぜ込んで、本音として吐き出した。

すると、千佳は澄ました顔で返してくる。

「そりゃそうでしょう。佐藤には無理よ」

むっとする。そんな言い方ないじゃないか。

言い返そうとすると、彼女はさらりと言葉を繋いだ。

「あなただけじゃなく、ほかのだれにでも。桜並木さんの心を解放できるのは、あの人だけだったんだわ。それは、佐藤にもわかるでしょう？」

「…………」

わかる。わかってしまう。

秋空は何度か、乙女との関係を由美子と千佳になぞらえた。

もし、自分が乙女のような状況に陥ったら。

きっと千佳が来てくれない限り、心はずっと囚われたままだ。

乙女たちがどんな話をしたかは、わからないけれど。

それは絶対に、必要なことだっただろう。

けれど、わかるといっても、まるきり納得できるわけでもない。

寂しいものは寂しいし、切ないものは切ないのだ。

「そんなに不満そうな顔をしないの」

隣に座る千佳は、珍しくおかしそうに笑っている。

その声色はやわらかく、可愛らしい笑みを浮かべていた。

こちらの頭に手を伸ばし、ぽんぽん、としてくる。

「…………」

彼女もまた、乙女のパフォーマンスに興奮しているのだろう。普段なら絶対にやらない。

振り払ってもいいが、大人しくされるがままになっていた。
感傷的になっていたせいもある。
もし、自分が乙女のような危機に陥ったら。
千佳は、助けに来てくれるだろうか。

NOW ON AIR!! 第52回

「夕陽と」

「やすみのー」

「「コーコーセーラジオー」」

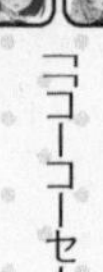
「おはようございます、夕暮夕陽です」

「おはようございまーす、歌種やすみです」

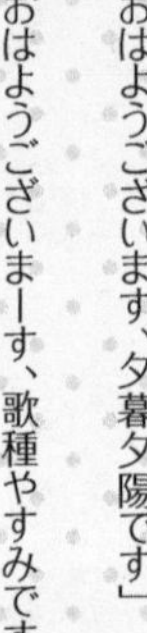
「この番組は偶然にも同じ高校、同じクラスのわたしたちふたりが、皆さまに教室の空気をお届けするラジオ番組です」

「はい、というわけでね。祝・一周年！　ありがたいことに一年続けることができました！」

「これも皆さまのご声援と、わたしの努力の結果です」

「無視しまーす。えー、一周年なんですけど、特にお祝いはしないそうです。なんかむしろ、『え、一周年くらいで何言ってんの？』みたいな顔をされました……」

「まぁ期待はしてなかったけれど……。この番組、予算抑えるの大好きだし……。せめて、100回までいったら何かしてほしいとは思うけれど」

「100回、ねぇ……。なんだか想像つかないな。その頃にはもう、あたしたち高校卒業してるんじゃないの？」

「そうしたらどうなるのかしら。タイトル変わる？」

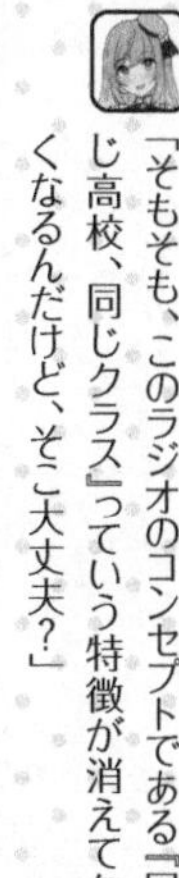
「そもそも、このラジオのコンセプトである『同じ高校、同じクラス』っていう特徴が消えてなくなるんだけど、そこ大丈夫？」

「…………」

「…………」

「…………」

「やば、大丈夫じゃなさそうで放送事故起こしちゃった。さっさとオープニング終わるか。今日、いろいろとメールが来ているから」

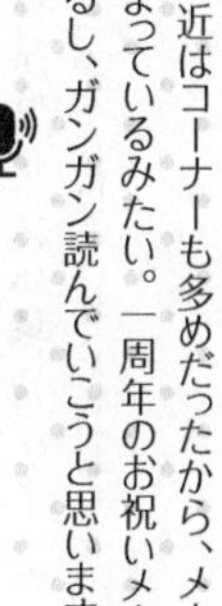
「最近はコーナーも多めだったから、メールが溜まっているみたい。一周年のお祝いメールもあるし、ガンガン読んでいこうと思います」

「では、一通目。えー、ラジオネーム、〝フルスイング三十郎〟さん。『夕姫、やすやす、おはようございます。一回目のやすみのお手紙、大変驚きました』」

「一周年ってんのに、一発目に感想メール差し込むの……？　やめようよ……」

「『僕はDVDも観たのですが、ふたりが相方に持つ想いの強さに、とても思うところがありました。今まで仲が悪いとばかり思っていたのですが、そうではないんですね』」

「いやまぁ……、はい……。え、これ否定しちゃいけないの？　……あ、はーい……」

「『ふたりの関係が羨ましいくらいです。とっても安心しました！　これからも頑張ってください！』……とのことです。ええと実は、こういうメールをたくさん頂くようになりまして」

「そうみたい。前は『本当に仲が悪そうで怖い』みたいな意見もたくさんあったけど、

Next Page!

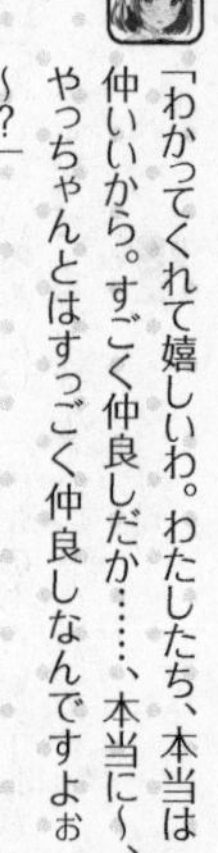

おかげ様で随分減ったんだって」

「わかってくれて嬉しいわ。わたしたち、本当は仲いいから。すごく仲良しだか……、本当に〜、やっちゃんとはすっごく仲良しなんですよぉ〜？」

「うわ、びっくりした。なんで急にユウちゃん出てくんの。怖いんだけど。ウインカー出さずに曲がったようなもんだよ。道路交通法違反」

「失礼。あまりに拒絶感が強すぎて、飛び出してしまったわ」

「そんなアレルギーみたいに出ることある……？　えー、あたしとユウはちゃんと心が通じ合ってるので安心してく……、やすみたちはとっても仲良しだからねー！　みんな覚えててね！」

「出るじゃない」

「出たわ」

「というか、もうリスナーは〝安心〟してるんだから、好きに言ってもいいのよね？」

「あ！　そうじゃん！　本音ぶちまけてもいいじゃん……。えー、仲良くないです」

「むしろ悪いですからね。仕事だから付き合ってるだけ。……あぁ、スッキリした」

「えー、こんなメールも頂いてます。ラジオネーム、〝取りやすい鶏肉〟さん。『この前、さくちゃんのライブに行ったら、関係者席にふたりが並んで座ってるのを見ました！　仲良いんですね(笑)』。なんやこいつ」

「こいつ出禁」

「はーい、また出禁でーす。鶏肉、人のライブで関係者席をじろじろ見ない」

夕陽とやすみのコーコーセーラジオ!

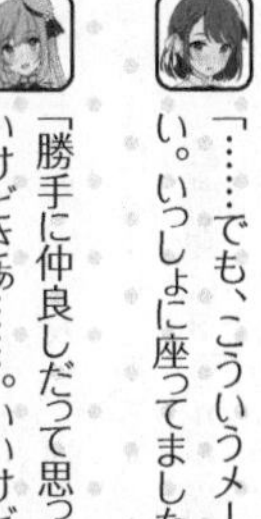

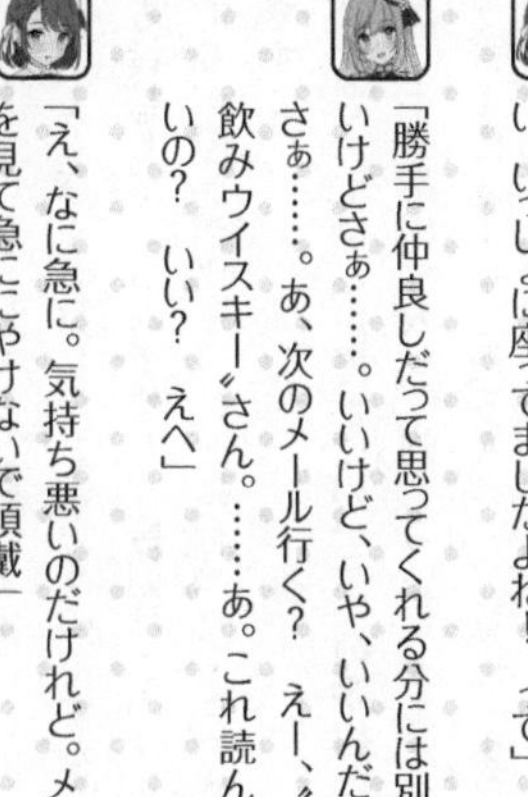

「……でも、こういうメールも結構来てたみたい。いっしょに座ってましたよね！　って」

「勝手に仲良しだって思ってくれる分には別にいいけどさぁ……。いいけど、いや、いいんだけどさぁ……。あ、次のメール行く？　えー、〝がぶ飲みウイスキー〟さん。……あ。これ読んでいいの？　いい？　えへ」

「え、なに急に。気持ち悪いのだけれど。メールを見て急ににやけないで頂戴」

「いやまぁ、うん。これちょっとユウが読んでよ」

「何を……、まぁいいけど。えー、『幻影機兵ファントムにやすやすが』はい、次のメール」

「ちょっと！　ちゃんと読んでよ！」

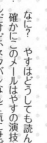

「いえ、だってネタバレだから。物凄くネタバレ。このラジオで読むのはどうかと思うわ」

「ぐ、ぐ……。いや、でも……」

「え？　なに？　やすはどうしても読んでほしいの？　確かにこのメールはやすの演技を褒めるメールだけど、ネタバレなんて気にせずに読んでほしいって、そう言いたいの？」

「あぁもうわかったって！　いいよ、ったくもー……。え、なに朝加ちゃん。あー、そうだ！　こんな話をしてる場合じゃなかった。実はビッグニュースがあって――」

to be continued!!!!

あとがき

皆さま、お久しぶりです。二月公(にがつこう)です。

皆さま、声優ラジオ聴いてらっしゃいますか。

この作品を読んでくださっている方で、声優さんのラジオを聴くよ！　メールも送るよ！という方もいらっしゃると思います。

皆さまも薄々お察しだとは思うのですが、わたしは声優ラジオを聴くのが好きでして。メールも投稿しているんですが、今回はこのメールの話をしたいんです。

ある声優ラジオイベントに行ったときの話なんですが、そのときの出来事が結構意外だったんですよ。

登壇されている声優さんが、「この番組にメールを送ったことがある人ー？」と尋ねたのですが、手を挙げた人が一割くらいだったんです。

ラジオにメールを送る人って、意外と少ないんだー、とそのとき初めて知りました。

わたしは番組にメールを送る派なんですが、送ったことないな～、っていう方にはぜひオススメしたいです。めっちゃ楽しいです。

普通にラジオを聴くだけでも楽しさ二十兆くらいですが、メールを送るようになると、楽しさ七百兆くらいになります（当社比）。

いや、本当楽しいんですよ、メール送るのって。

自分のメールが読まれるのか読まれないのか、毎回ドキドキハラハラで、新しいメールにいくたびにキュッと集中します。メールが読まれたらめちゃくちゃ嬉しくて、読まれないと少しだけガッカリ。日常でこれだけ感情が浮き沈みすることも、なかなかないんじゃないかって思いますね。

わたしはメールを送るようになって何年も経ちますし、期間が長いだけあって採用数も結構な数になっているんですが、それでも読まれると今でもめっちゃ嬉しいです。手をパァン！と叩いて、「よっしゃ！」って声出るくらいには嬉しいですね。いや、本当に。

どんなメールなら読まれるかな～、って考えるのも楽しいですし、「この番組なら、こういうメールが刺さるんじゃないか？」と狙って投稿し、実際にそれが読まれると喜びもひとしおです。

というか、声優さんが自分の考えた文章を読み上げてくれるって、すごくないですか……？そんなことあり得るのか？　あり得るのか、すごい文化だ……。すごいよな……。

というわけで、皆さまもメール投稿チャレンジいかがでしょうか。

でもメールの採用枠は限られているので、わたしより面白いメールは書かないよう、よろしくお願いいたします。

◉二月 公著作リスト

「声優ラジオのウラオモテ　#01 夕陽とやすみは隠しきれない？」(電撃文庫)
「声優ラジオのウラオモテ　#02 夕陽とやすみは諦めきれない？」(同)
「声優ラジオのウラオモテ　#03 夕陽とやすみは突き抜けたい？」(同)
「声優ラジオのウラオモテ　#04 夕陽とやすみは力になりたい？」(同)

本書に対するご意見、ご感想をお寄せください。

ファンレターあて先
〒102-8177　東京都千代田区富士見2-13-3
電撃文庫編集部
「二月　公先生」係
「さばみぞれ先生」係

本書は書き下ろしです。

電撃文庫

声優（せいゆう）ラジオのウラオモテ
#04 夕陽（ゆうひ）とやすみは力（ちから）になりたい？

二月 公（にがつ こう）

2021年２月10日　初版発行
2024年３月15日　３版発行

発行者　山下直久
発行　株式会社KADOKAWA
〒102-8177　東京都千代田区富士見2-13-3
0570-002-301（ナビダイヤル）
装丁者　荻窪裕司（META＋MANIERA）
印刷　株式会社 KADOKAWA
製本　株式会社 KADOKAWA

ISBN978-4-04-913499-5　C0193　Printed in Japan

電撃文庫　https://dengekibunko.jp/

電撃文庫創刊に際して

文庫は、我が国にとどまらず、世界の書籍の流れのなかで〝小さな巨人〟としての地位を築いてきた。古今東西の名著を、廉価で手に入りやすい形で提供してきたからこそ、人は文庫を自分の師として、また青春の想い出として、語りついできたのである。

その源を、文化的にはドイツのレクラム文庫に求めるにせよ、規模の上でイギリスのペンギンブックスに求めるにせよ、いま文庫は知識人の層の多様化に従って、ますますその意義を大きくしていると言ってよい。

文庫出版の意味するものは、激動の現代のみならず将来にわたって、大きくなることはあっても、小さくなることはないだろう。

「電撃文庫」は、そのように多様化した対象に応え、歴史に耐えうる作品を収録するのはもちろん、新しい世紀を迎えるにあたって、既成の枠をこえる新鮮で強烈なアイ・オープナーたりたい。

その特異さ故に、この存在は、かつて文庫がはじめて出版世界に登場したときと、同じ戸惑いを読書人に与えるかもしれない。

しかし、〈Changing Times,Changing Publishing〉時代は変わって、出版も変わる。時を重ねるなかで、精神の糧として、心の一隅を占めるものとして、次なる文化の担い手の若者たちに確かな評価を得られると信じて、ここに「電撃文庫」を出版する。

1993年6月10日
角川歴彦

電撃文庫DIGEST　2月の新刊

発売日2021年2月10日

86―エイティシックス―Ep.9
―ヴァルキリィ・ハズ・ランデッド―

【著】安里アサト　【イラスト】しらび
【メカニックデザイン】I-Ⅳ

犠牲は、大きかった。多くの死者と、要であった人物の離脱に憔悴する機動打撃群の面々。だが、彼らに休息はない。レギオン完全停止の鍵を握る《電磁砲艦型》の中枢部を鹵獲すべく、彼らは最後の派遣先へと赴く。

幼なじみが絶対に負けないラブコメ6

【著】二丸修一　【イラスト】しぐれうい

群青同盟への舞台出演依頼に、末晴と役者同士で関係を深めるチャンスと意気込む真理愛。まさかの「モモ大勝利♪」となるのか!?　しかし、舞台にハーディ・瞬の秘密兵器であるアイドルが現れ、一転、モモ大ピンチに!?

声優ラジオのウラオモテ
#04 夕陽とやすみは力になりたい？

【著】二月 公　【イラスト】さばみぞれ

今回のコーコーセーラジオは修学旅行編！　先輩声優・めくると花火に「仲良し」の極意を学ぼう……という難題を前に、素直になれない夕陽とやすみ。そんな中、人気沸騰中で大忙しな乙女に危機が訪れて……？

神角技巧と11人の破壊者
中 創造の章

【著】鎌池和馬　【イラスト】田畑壽之
【キャラクターデザイン】はいむらきよたか、田畑壽之

魔導爆弾で世界の破滅を目論む『11人目』を追って、破壊と創造を司る少年の過酷だが賑やかな旅は続く。廃墟の帝国、犯罪都市の港、南の島、死臭漂う黒紫の森……。そしてついに一連の事態の黒幕が明らかに――!!

ドラキュラやきん!2

【著】和ヶ原聡司　【イラスト】有坂あこ

池袋でコンビニ夜勤をして暮らす吸血鬼の虎木。ある日虎木のバイト先に、「虎木に憧れて」と語る新人・詩澪が現れる。謎の美女の登場に落ち着かない様子のアイリスと未晴。そんな中、コンビニ強盗事件が起きて――!?

ねえ、もっかい寝よ?2

【著】田中環状線　【イラスト】けんたうろす

クラスでは依然ぎこちなさはあるものの、放課後の添い寝を続ける忍と静乃。距離が縮んでいくなか、宿泊研修が近づき、さらにクラス委員長に二人の関係を疑われて？　クラスの皆には内緒の、添い寝ラブコメ第２弾！

ホヅミ先生と茉莉くんと。
新作　Day.1 女子高生、はじめてのおてつだい

【著】葉月 文　【イラスト】DSマイル

デビューから早6年、重版未経験の「童貞作家」である空束 朔（からつか はじめ）はスランプに陥っていた。そんな朔の下に、編集部からの荷物を持った女子高生・白花茉莉（しろはな まつり）が現れて――!?

新作　統京作戦〈トウキョウフィクション〉
Mission://Rip_Van_Winkle

【著】渋谷瑞也　【イラスト】PAN:D

〈統京〉。世界全てが求める神秘〈ギア〉を巡りスパイが跋扈する街に、その兄妹はやってきた――"過去"と"未来"から。500年前から来たくノ一と500年後から来た改変者が駆ける、超時空スパイフィクション！

新作　ウザ絡みギャルの居候が俺の部屋から出ていかない。

【著】真代屋秀晃　【イラスト】咲良ゆき

『勉強の邪魔すんな！』『どうでもいいから、サボろうよっ！』とある家庭の事情で俺の家に寄生する、中学生ギャルの真波。そんな従姉妹のウザ絡みに邪魔されてまったく勉強は捗らない、だけど楽しい赤点必死な毎日。

新作　バレットコード：ファイアウォール

【著】斉藤すず　【イラスト】縣

平和教育の一環として、戦争を追体験するＶＲプログラムに参加した古橋優馬。だがその空間は、異形の敵との戦いの場に変容していた。果たして優馬はＶＲ上で出会った仲間たちと、現代日本への「生還」が叶うのか!?

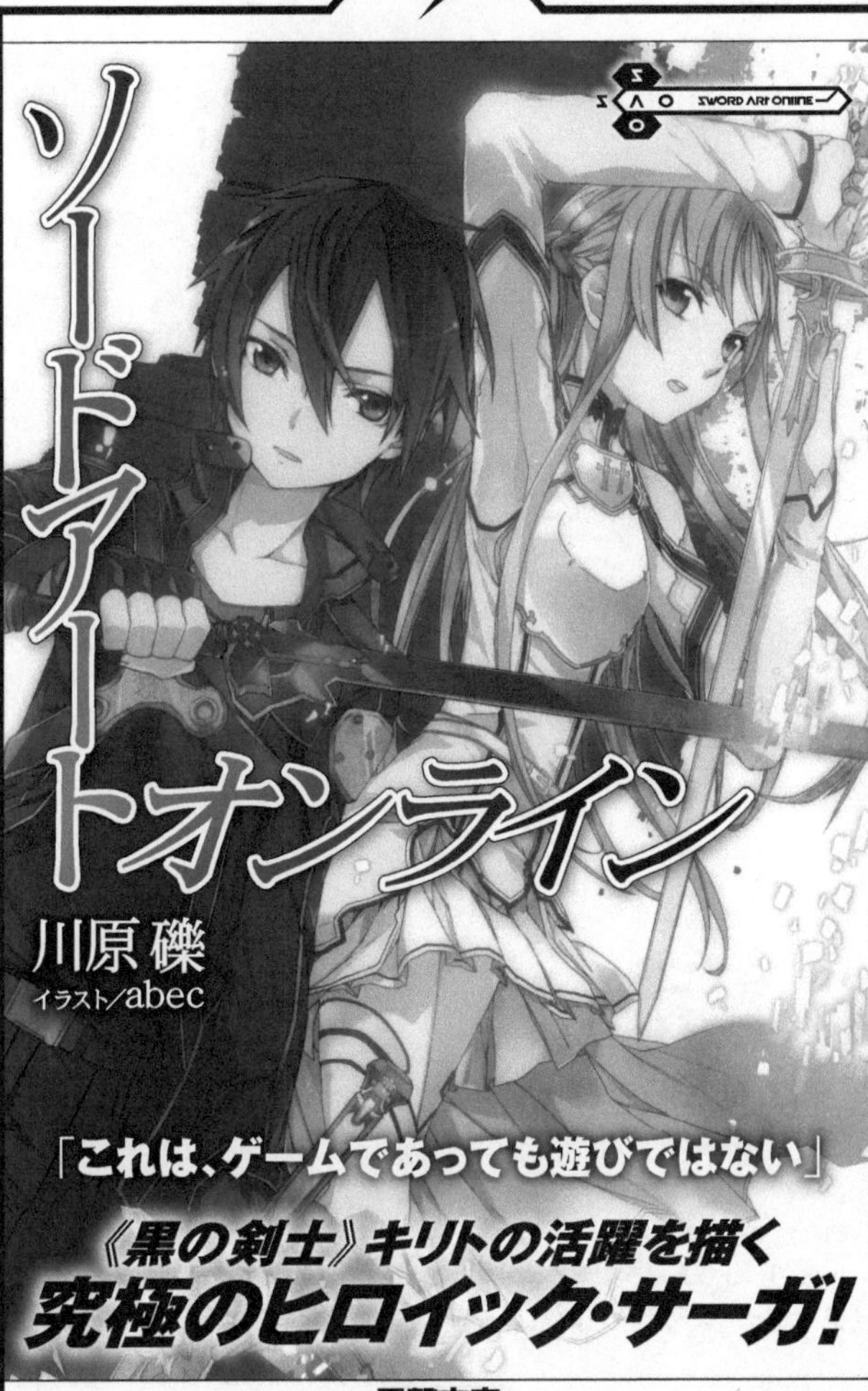
SWORD ART ONLINE
ソードアートオンライン
川原 礫
イラスト／abec
「これは、ゲームであっても遊びではない」
《黒の剣士》キリトの活躍を描く
究極のヒロイック・サーガ!
電撃文庫

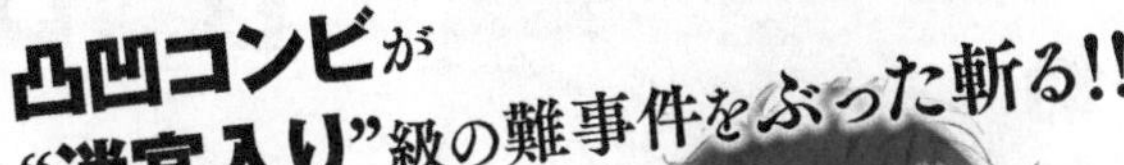

凸凹コンビが
“迷宮入り”級の難事件をぶった斬る!!

犯罪迷宮（アンヘル）の難題騎士

Crime Dungeon Knight Police

著 川石折夫／イラスト カット

ダンジョンでの犯罪を捜査する迷宮騎士。ノンキャリア騎士のカルドとエリート志向のポンコツ女騎士のラトラ。凸凹な二人は無理やりバディを組まされ、"迷宮入り"級の連続殺人事件に挑むことに!?

電撃文庫

幼なじみが絶対に負けないラブコメ
OSANANAJIMI GA ZETTAI NI MAKENAI LOVE COMEDY
［著］二丸修一
SHUICHI NIMARU
［絵］しぐれうい
『幼なじみ』VS『初恋の少女』
先の読めない
最先端ラブコメ開幕!!
STORY
高校２年生の丸末晴は、幼なじみの少女・志田黒羽からの好意を知りながらも、初恋の相手である可知白草に一途な恋心を抱いていた。だがそんな矢先、白草に彼氏がいることが発覚！
末晴は深い絶望の末、黒羽と手を組んで、男の純情を踏みにじった白草に"最高の復讐"をすることを決意する!!
電撃文庫

男女の友情は成立する？
いや、しないっ!!
アタシと親友だけの青春やってようぜ！
友情を誓った親友同士が──まさかの〈両片想い〉に!?
七菜なな
イラスト／Parum

ある中学生の男女が、永遠の友情を誓い合った。1つの夢のもと運命共同体となったふたりの仲は、特に進展しないまま高校2年生に成長し!?　親友ふたりが繰り広げる、甘酸っぱくて焦れったい〈両片想い〉ラブコメディ。

電撃文庫

神田夏生
Natsumi Kanda

イラスト：Aちき
Aliki

今すぐ君に『××』だと言いたい……
言えたら、いいのに……

絶対にデレてはいけないツンデレ

Zettai ni Dereteha Ikenai Tundere

蒼月さんは常にツンツンしている子で、
クラスでも浮いた存在。
本当は優しい子なのに、
どうして彼女は誰にもデレないのか？
それは、蒼月さんが抱える
不思議な過去が関係していて……？

電撃文庫